Os Irmãos de BRIGADIER STATION

SARAH WILLIAMS

1ª Edição

Leabhar
2021
Ribeirão Preto/SP

DIREITOS AUTORAIS

Título Original: The Brothers of Brigadier Station
Copyright©2017 por Sarah Williams
Copyright da tradução©2021 Leabhar Books Editora Ltda.

Tradução: Vanessa Rodrigues Thiago
Revisão: Ricardo Marques
Diagramação: Regiane Moreira
Capa: Labellaluna Web®

DADOS INTERNACIONAIS DE CATALOGAÇÃO NA PUBLICAÇÃO (CIP)

FICHA CATALOGRÁFICA

W721lbe	
	Williams, Sarah
	Título: Os Irmãos de Brigadier Station - Leabhar Books Editora Ltda. 2021 - Ribeirão Preto - SP
	Tradução de: The Brothers of Brigadier Station © Sarah Williams, 2017
	Formato: Papel
	Veiculação: Físico
	ISBN 978-65-88382-84-4
	1. Austrália. 2. Série I. Thiago, Vanessa R. II. Título
88382	CDD 82-32 CDU 134-3

Todos os direitos reservados, no Brasil e língua portuguesa, por Leabhar Books Editora Ltda. CEP: 14025-200 - RP/SP - Brasil
E-mail: leabharbooksbr@gmail.com
                www.leabharbooks.com

Sarah Williams

Sarah Williams

DEDICATÓRIA

Para meus filhos –

Joshua, Toby, Raphaella e Arabella

Sarah Williams

CAPÍTULO 1

— ACALME-SE, RAPAZ. — Meghan tentou acalmar o enorme pastor alemão, usando todas as suas forças para manter a grande besta na mesa fria de metal.

— Quase pronto, só mais um pouco. — Jennifer, a veterinária, chamou do canto da mesa onde a grande cabeça do cachorro estava enquanto seu dono observava.

Ter seus dentes examinados no dentista nunca era uma experiência agradável, então Meghan não podia culpar o velho cachorro por estar agitado. Segurou firme em seu pelo suado. Fedia a sujeira e urina. Ele provavelmente ficou ansioso durante a viagem de carro e se molhou. Os proprietários nunca lhes diziam isso. Era comum encontrar manchas úmidas nos animais que visitavam a *Spotty Dogz Vet Surgery*.

Ainda assim, em todos os seus anos trabalhando como enfermeira veterinária, ficar molhada não era sua pior experiência. Costumava ser um poste de arranhar para gatos ferozes e tinha perdido a conta das inúmeras mordidas de uma variedade de roedores e pássaros. Seu limiar de dor aumentou dramaticamente desde que terminou seu treinamento. Havia outras partes do trabalho que eram muito piores. Como cuidar de um gato que sofria de dores agonizantes constantes ou ter um filhote inocente morrendo em seus braços. Essas experiências deixaram uma marca que não podia ser vista.

Enquanto saudáveis, os animais domésticos eram fofos e adoráveis, mas eram com os animais maiores, especialmente os cavalos, que Meghan queria trabalhar.

— Tudo feito. — Jennifer recuou. O cachorro se livrou das mãos de Meghan e pulou da mesa. Garras raspando a superfície de metal.

Jennifer e o proprietário tiraram a criatura da sala, deixando Meghan sozinha para limpar os instrumentos e esterilizar a mesa. Depois de lavar as mãos, ela visitou seus pacientes. Uma nova ninhada de gatinhos malhados de pelo curto foi trazida depois de ser encontrada abandonada. Meghan já tinha verificado se os gatinhos tinham pulgas e carrapatos quando chegaram, um dia antes, agora estavam apenas esperando o microchip e as vacinas. Um machinho marrom e cinza chorava tristemente, e Meghan não pôde deixar de desejar ter condições de adotar todos eles. Pegou o gatinho minúsculo e o aconchegou em seu queixo. Seu pelo macio fazia cócegas em sua pele e seu pequeno coração batia contra a ponta de seus dedos.

Depois de alguns minutos de amor, colocou o gatinho de volta com seus irmãos, acariciando todos os seis, um de cada vez, dizendo um adeus silencioso e esperando que todos encontrassem bons lares antes de seu próximo turno.

Suspirou enquanto olhava para o relógio, era quase o fim de seu turno. Tinha sido um longo dia e estava ansiosa para passar a noite no sofá com seu noivo, Lachie. Ele havia chegado um dia antes de sua casa no interior e ainda mal o tinha visto.

Seu telefone vibrou no bolso de trás. Pegou e atendeu quando o nome de sua melhor amiga apareceu.

— Ei, Jodie — um sorriso apareceu nos cantos de sua boca. Jodie sempre a fazia se sentir melhor.

— Você ainda está no trabalho?

— Sim. Quase acabando.

— Só queria te desejar boa sorte amanhã. Que horas vocês saem?

— Logo cedo. Lachie disse que leva cerca de sete horas, mais intervalos.

— Nossa, que viagem longa. Você realmente tinha que se apaixonar por um cara que mora em uma fazenda no interior?

Meghan riu. — É um rancho de gado, não uma fazenda. Está na família há gerações, então ele não teve muita escolha sobre a localização.

Jodie ficou quieta, mas Meghan conhecia sua amiga bem o suficiente par saber quando ela estava revirando os olhos.

— Bem, boa sorte em conhecer sua família. Use essas duas semanas para ter certeza de que mudar para lá é o que você realmente deseja.

— Eu vou. — Os olhos de Meghan arderam com lágrimas que ameaçavam cair. — Vou sentir saudades suas.

Somos amigas há o que... vinte anos? Nós nunca estivemos separadas por tanto tempo.

— Vai ser mais difícil se você se mudar para lá permanentemente.

Após o casamento, Meghan chamaria o local de lar. Deixar sua melhor amiga não seria a única coisa de que sentiria falta em Townsville. A praia, a comida, a música. Mas o interior prometia emoção; um novo começo, uma nova identidade, a família pela qual ansiava. Ela se tornaria a Sra. Lachlan McGuire, da Brigadier Station. Mordeu o lábio, contendo um sorriso. Seu cavalheirismo interiorano foi atraente desde o início. Ele era extrovertido e confiante. O fato de ser lindo também ajudou.

— Me liga. Eu quero atualizações. E fotos. Descubra mais sobre os outros irmãos. Se algum deles for solteiro e gostoso, quero saber. — Jodie estava sempre de olho no próximo namorado.

— Eu vou. Eu amo você.

— Amo você também. Faça uma viagem segura.

Meghan enfiou o telefone no bolso e olhou para o relógio novamente. Depois de suas rondas, seria hora de se despedir, e suas duas semanas de férias começariam. Finalmente, conheceria a mãe e o irmão de Lachie e veria onde ele morou e cresceu. Também anunciariam seu noivado.

Aos 29 anos, Meghan Flanagan estava prestes a ter tudo o que sempre quis. Estava apaixonada e se mudando para o campo para começar uma nova vida. Uma vida melhor. Nunca esteve tão feliz.

A televisão estava berrando quando Meghan chegou em casa. O ar cheirava a mofo quando entrou na cozinha. Colocou as sacolas no balcão e abriu uma janela, permitindo que uma brisa fresca entrasse. Espiou em sua pequena sala de estar. Lachlan McGuire estava esparramado no sofá, cerveja na mão, observando os North Queensland Cowboys defenderem seu título. Estava relaxado e feliz. Sabia que ele gostava de passar o tempo em sua modesta casinha. Longe de Station, ele poderia ignorar a papelada e as contas que sem dúvida sobrecarregavam sua conta de e-mail; trabalhava duro, então Meghan não poderia culpá-lo por querer fazer uma pausa.

— Qual é o placar?

Ele olhou para cima e deu um sorriso que a fez estremecer por dentro. — Os cowboys fizeram mais doze.

Os jogos do Cowboys sempre a lembravam de quando conheceu Lachie, oito meses antes. Jodie a arrastou para um jogo em casa. Por pura sorte, sentaram-se um ao lado do outro. Lachie a conquistou rapidamente com sua boa aparência e charme. Ela ficou surpresa com sua atenção. Garotos lindos não perdiam tempo com garotas comuns como ela. Perguntou-se se ele estava sendo legal para chegar em Jodie. A beleza alta e loira costumava ser o centro das atenções. Mas quando o jogo acabou, ele perguntou o número de Meghan e em uma semana eles eram um casal. Sempre que perguntava por que a escolhera, ele sempre respondia: "Você é uma garota que posso levar para a mamãe".

— É cheiro de comida tailandesa que sinto? — Ele levantou do sofá e seguiu seu nariz até a cozinha.

— Comprei aquele Pad Thai que você gosta. — Observou enquanto ele abria os recipientes com um ar de apreciação e começava a servir em dois pratos.

Meghan foi para a sala de estar, tirou os sapatos e se aninhou no sofá antes de diminuir o volume da TV com o controle remoto.

— Você fez algo emocionante hoje? — Gritou enquanto esperava por Lachie.

— *Nah*, acabei de sair por aqui. Assisti um pouco de TV. — Ele carregou os pratos para a sala para se juntar a ela no sofá, equilibrando o prato sobre os joelhos.

— Como foi o trabalho?

Ela encolheu os ombros. — Sempre gostei do que faço, mas agora ficou tão repetitivo. Estou pronta para uma mudança.

— Acho que vai adorar o campo. Muitos espaços abertos, e você é uma garota do interior no coração. — Ele piscou antes de colocar uma garfada generosa de comida na boca.

Ela tinha ouvido falar muito sobre sua extensa propriedade de criação de gado no interior e em sua amada mãe.

— Estou nervosa, nunca conheci a mãe de um cara antes.

— Mamãe é um doce. Não tenha medo dela. Você falou com a Jodie hoje?

— Ela me ligou no trabalho e me garantiu que vai ficar tudo bem.

— Vai e essa visita é só por algumas semanas. Depois do casamento, ainda podemos visitá-la uma vez por ano ou mais.

Ela olhou em seus olhos azuis e sorriu. Seu futuro era tão cheio de esperança e possibilidades, era emocionante e um pouco assustador.

— Eu te amo, Lachie. Mal posso esperar para começar nossa vida juntos.

Seus lábios roçaram suavemente sobre os dela, causando um calor em sua barriga.

Ela encontraria sua mãe e irmão amanhã e finalmente veria a propriedade. Seu futuro lar.

Brigadier Station.

TERRA MARROM SECA, craquelada, em todas as direções. A árvore de eucalipto ocasional fornecia o único abrigo contra os elementos agressivos do interior de North Queensland.

Embora Meghan nunca tivesse estado tão longe da costa antes, sabia em seu coração que amaria o interior e rapidamente se ajustaria a viver naquela terra. Tinha sido uma longa viagem de Townsville, passando pelo pequeno município de Charters Towers e depois pelas comunidades menores de Hughenden e Richmond. Nesses lugares, ela aprendeu sobre os abundantes fósseis de dinossauros que frequentemente eram encontrados na terra dura.

Agora, no trecho final da estrada poeirenta entre Julia Creek e a Brigadier Station, decidiu que o cenário duro e austero era, surpreendentemente, muito bonito.

— Não se preocupe — Lachie a olhou enquanto seu utilitário chacoalhava sobre um mata-burro. — Brigadier não é tão vazio quanto esses ranchos. Temos muita sombra e bons córregos.

— Então, vocês estão bem apesar da seca? — Meghan tinha ouvido muitas histórias sobre como estava sendo duro para os criadores esta estiagem. A criação estava morrendo de fome e muitos proprietários estavam matando seu próprio gado em vez de ver seus animais sofrerem.

Lachie cresceu no rancho e o herdou quando seu pai morreu alguns anos atrás. Ele lhe disse o que esperar e ela estava mais do que pronta para o desafio.

— Bem, conseguimos. Mas não é fácil. Muito trabalho duro.

Meghan admirou seu perfil. Seu corpo esguio e tonificado eram o resultado desse trabalho físico duro. As mangas de sua camisa cinza de trabalho enroladas acima de seus longos antebraços bronzeados. Meghan era cerca de trinta centímetros mais baixa, mas ele se erguia sobre a maioria das pessoas em seu 1,93 metro de altura.

— O quê? — Ele a pegou o olhando. — Está me paquerando?

Ela deu uma risadinha sedutora. — E se eu estiver?

Ele balançou as sobrancelhas para ela. — Eu sempre posso parar o carro.

Ela franziu o nariz e gesticulou para as ferramentas e peças de maquinário a seus pés e entre eles.

— Não há espaço suficiente aqui para se mover. Lembra da última vez que fizemos isso aqui?

Sua risada profunda enviou um arrepio por sua espinha, como sempre fazia.

— Bom ponto. Mas eu tenho algo às minhas costas. — Gesticulou para a traseira do carro, onde sua mochila estava presa.

— Essa coisa velha fedorenta? Eu te amo, mas não, obrigada.

Baixando o vidro da janela, ela deixou o ar quente soprar em seu rosto, chicoteando seus longos cabelos enquanto aceleravam pela estrada. Olhou para a terra, estéril e deserta.

Esperava que a família de Lachie gostasse dela. Especialmente sua mãe, uma mulher que ele admirava e amava. Seria dura e severa, como esta terra? Decepcionada por que seu filho mais velho estava com uma garota da cidade? Ou seria receptiva e gentil? Não era para as pessoas do interior serem amigáveis?

— Não fique nervosa.

Ela olhou e percebeu que estava mordendo o lábio inferior.

— Está tão óbvio?

— Não há necessidade. Mamãe vai adorar você. — Lachie estendeu a mão e deu um tapinha no joelho dela. — Vou contar sobre o noivado no jantar. Depois que ela a conhecer um pouco.

— Espero que ela aprove. — Esfregou as mãos suadas na calça jeans. Lachie tinha proposto em um jantar de pizza no fim de semana passado. Não foi um gesto apaixonado. Ele nem tinha um anel. Mas ela ficou encantada, jogando-se em seus braços. Que poderia não ser feita para a vida no interior mais isolado não tinha lhe ocorrido. Amava a ideia de um espaço aberto, animais, tranquilidade do campo e, claro, amava Lachie.

Logo pegaram um caminho de cascalho, marcado apenas por uma placa de madeira gasta presa à cerca que dizia *Brigadier Station.* Meghan se endireitou em seu assento quando a herdade apareceu. A excitação revirou seu estômago; era exatamente como havia imaginado que seria. Situada em um terreno mais alto com vistas inclinadas sobre os currais marrons, a modesta edificação de cor creme tinha uma varanda que envolvia a frente da casa, criando muitos recantos confortáveis para contemplar a vista.

Lachie estacionou o carro em uma vaga vazia em um antigo galpão, ao lado de um veículo com tração nas quatro rodas e um trator. Ao sair do veículo, ela torceu o nariz quando o aroma de feno e melaço passou. Cheiros familiares de fazenda que trouxeram de volta suas memórias de infância. Meghan se virou. Roseiras cuidadosamente podadas erguiam-se orgulhosamente nos canteiros do jardim da frente. Caminhando até um arbusto carregado de botões de rosa branca, ela tocou as pétalas macias com a ponta dos dedos e inalou sua doce fragrância.

— É bom ver outra mulher apreciando minhas rosas.

Assustada, ela olhou para a mulher alta e mais velha que apareceu ao seu lado.

— Não sou muito de jardinagem, mas adoro flores, rosas, em particular. Eu pensei que elas não cresciam aqui.

— São uma variedade resistente. Minha sogra as plantou antes do meu tempo e me mostrou como mantê-las vivas antes de ela morrer. Era uma velha mal-humorada, mas sabia das coisas. Me ensinou muito.

— Mãe. — Lachie se inclinou e abraçou a mãe com o braço livre.

— Já estou dando conselhos sobre jardinagem a Meghan, pelo que vejo.

Meghan ofereceu sua mão. — É um prazer conhecê-la, Sra. McGuire.

A mão receptiva de Harriet era quente e macia. — Me chame de Harriet, querida. Não somos formais aqui.

Harriet McGuire tinha um rosto que parecia rir com facilidade e frequência. Seu cabelo na altura dos ombros tinha mechas grisalhas e fora cortado por alguém com um bom olho para o estilo. Atrás de seus óculos havia olhos tão azuis quanto os de seu filho. Harriet colocou um braço em volta das costas de Meghan e a conduziu para dentro.

— Vai ser divertido ter outra mulher em casa por um tempo. Fica um pouco turbulento com dois meninos aqui.

— Isso não me surpreenderia. — Meghan sorriu, tocada por uma recepção tão calorosa.

Lachie largou suas malas ao acaso no corredor antes de lhe dar um beijo rápido.

— Só vou checar os e-mails. Mamãe vai ajudá-la a se instalar. — Antes que qualquer uma das mulheres pudesse protestar, ele desapareceu no corredor.

— Ele vai ficar ocupado por um tempo, infelizmente. — Harriet conduziu Meghan pela pequena, mas prática, cozinha até a sala maior.

— Isso é o que acontece quando ele tira uma folga. Mas estou feliz que você pôde voltar com ele desta vez.

— E eu estou feliz por finalmente poder me juntar a ele. Tenho tido muito trabalho.

— Fique à vontade. Vou colocar a chaleira no fogo, então pode me contar tudo sobre você.

Ela saiu da sala, deixando Meghan vagando pelo aposento.

O interior da casa era tão acolhedor quanto o exterior. As paredes estavam cheias de fotos, e observou todas, absorvendo a história da família. Havia várias fotos de casamento em preto e branco e retratos de homens e mulheres elegantes. Ela reconheceu Harriet em sua foto de casamento com seu falecido marido.

Qual foi o nome que Lachie disse? David? Não, Daniel.

Ambos eram atraentes e ficavam bem juntos.

As fotos modernas eram todas dos mesmos três meninos. Uma foto deles juntos chamou sua atenção, e ela a observou atentamente. Os meninos usavam calção de banho e estavam sentados em uma rocha em um rio, com os cabelos molhados. Pareciam semelhantes com cabelo castanho claro e olhos azuis brilhantes. Meghan reconheceu Lachie e supôs que ele tinha cerca de dez anos na foto.

Harriet reapareceu e parou ao lado dela.

— Esses são os irmãos de Brigadier Station. Eles têm sido chamados assim desde pequenos — explicou ela. — Você reconheceu Lachie?

Meghan acenou com a cabeça. — Ele é o mais velho.

— Está certo. Perto dele está meu caçula, Noah, que mora na Nova Zelândia agora. E esse é Darcy.

Ela apontou para o garotinho magro na foto, sua voz suavizando. —Ele ainda está aqui. Está economizando dinheiro para comprar sua própria propriedade um dia.

— Todos eles têm seus lindos olhos azuis.

— Sim, eles formam um grupo bonito. Temperamental, às vezes, mas tenho orgulho deles. Lachie teve muita responsabilidade colocada sobre si desde que Daniel morreu. Ele não esperava herdar Brigadier até que fosse muito mais velho. Darcy ajudou muito com a carga de trabalho, o que permite que Lachie a visite em Townsville. — Harriet sorriu largamente para a visitante. — Venha, o chá está fervido.

Meghan a seguiu até a cozinha, onde a anfitriã serviu as xícaras de chá e pôs a mesa com *scones* recém-assado, geleia de morango e creme.

— Eu espero que você goste daqui.

— Amei muito até agora. Mal posso esperar para ver mais do rancho.

Meghan cobriu seu bolinho com geleia e deu uma mordida. Ainda estava quente e derreteu em sua boca. — Já faz muito tempo que não como scones caseiros, e esses são deliciosos.

— Obrigada. Estou feliz que tenha gostado deles.

Meghan ficou surpresa ao descobrir que tinham muito em comum, apesar da diferença de gerações, enquanto continuavam a conversar. Harriet admitiu ler vorazmente. — Gosto de apoiar escritores australianos, em particular.

— Eu também. — Meghan tomou um gole de chá. Ela achou reconfortante que Harriet, uma mulher nascida e criada no campo, fosse uma leitora ávida.

— Seus pais moram em Townsville também?

Os ombros de Meghan caíram ligeiramente. — Meu pai morreu antes de eu entrar na escola e minha mãe faleceu em um acidente de carro há dois anos.

A voz de Harriet se suavizou. — Sinto muito por sua perda.

— Obrigada. Eles eram ótimas pessoas, e eu sinto muito a falta deles. Principalmente mamãe, éramos muito próximas.

As lágrimas ameaçaram cair, como sempre acontecia quando falavam sobre sua família, mas ela as reprimiu.

— Mamãe teria gostado de você.

— Tenho certeza de que também teria gostado dela. — Harriet tomou um gole de chá. — Você tem alguma outra família? Irmãos ou irmãs?

— Não, mamãe nunca se casou novamente. Estava feliz com sua carreira de professora. Ela lecionou em uma das escolas católicas em Townsville. Eu tenho uma melhor amiga, Jodie, que é como uma família.

Quando terminaram o chá, o telefone tocou e Harriet olhou para ele. — Vou atender o telefone. Quando estiver pronta, pode desfazer as malas.

Engolindo o resto de seu chá preto, uma bebida com a qual teria que se acostumar, já que ali ninguém mais bebia café, Meghan pegou suas malas e foi em busca do quarto de Lachie. Todos os quartos saíam do mesmo longo corredor, e o de Lachie era o primeiro à sua direita. Sabia que era dele pelas roupas sujas e familiares espalhadas pelo chão. Obviamente, Harriet não se preocupava com isso.

Meghan sorriu; havia desistido da esperança de que ele começasse a ser mais organizado.

Seu quarto era grande, ocupado por uma cama *king-size* e cômoda combinando. Meghan colocou sua bolsa na cama e considerou trocar de jeans e camiseta.

Mas, a curiosidade levou o melhor sobre ela, saiu do quarto e vagou mais longe no corredor. Tinha mais dois quartos semelhantes ao de Lachie, mas sem a bagunça; o banheiro e um toalete separado. O grande aposento no final que ela presumiu ser de Harriet. Uma olhada lhe disse que estava certa e, para seu alívio, ela notou uma suíte. Pelo menos só teria que dividir o banheiro com Lachie e seu irmão.

Depois de abrir portas e encontrar os armários e a lavanderia, Meghan chegou ao escritório onde Lachie estava sentado, com o queixo apoiado na palma da mão enquanto examinava algo na tela do computador.

— Ei, sexy — ela ronronou enquanto se postava atrás dele e aninhou a cabeça em seu ombro.

— Se divertindo? — Ele virou a cabeça e a beijou na bochecha.

— Sua mãe está no telefone. Encontrei seu quarto e coloquei minha mala lá. Presumo que vamos dormir juntos?

— Sim, mamãe está bem com isso. Você quer ver os cavalos?

— Sim, absolutamente. Você sabe que adoro cavalos.

— Há um caminho pela cozinha. Fácil de encontrar, passando pelas galinhas.

— Você não quer me mostrar?

Ele mal ergueu os olhos da tela. — Eu sinto muito. Tenho muito trabalho a fazer.

Decepcionada, mas animada para explorar, disparou na direção que ele havia indicado.

O caminho de terra se estendia ao lado de uma fileira de eucaliptos jovens, passando pelo galinheiro e descendo até um estábulo de madeira.

Meghan viu uma cabeça castanha de cavalo espiando por cima de uma cerca de metal. Cautelosamente, estendeu a mão para que ele pudesse cheirá-la, depois acariciou sua cabeça suavemente quando pareceu amigável. O cheiro há muito esquecido de cavalo invadiu suas narinas.

— Oh, você é um menino bonito! Qual o seu nome? — Ela arrulhou.

— Obrigado pelo elogio, mas se está falando com o cavalo, não sei se ela gostaria de ser chamada de bonito. — A voz quente e masculina vinda de trás do cavalo a surpreendeu. Ela saltou para trás, perdeu o equilíbrio e caiu com o traseiro no chão. O estranho deu a volta e parou abruptamente quando a viu.

Deveria ser o irmão.

O calor aqueceu suas bochechas enquanto se levantava e limpava a parte de trás da calça. Focou seu olhar em seu jeans sujo e no marrom escuro de suas botas de trabalho. — Me desculpe, eu não sabia que você estava aqui.

— Está tudo bem, não costumo ouvir elogios com tanta frequência.

Ele parecia achar graça.

— Eu me referia ao cavalo — gaguejou ela. — E... ela é linda.

— Sim ela é. — Sua voz se suavizou.

Meghan prendeu o cabelo atrás da orelha nervosamente, depois olhou nos olhos azuis profundos dele. — Darcy, certo?

— E você deve ser a namorada do Lachie. — Seu sorriso fácil produziu uma covinha na bochecha com a barba por fazer.

— Meghan. — Ela tentou acalmar o coração disparado. O que havia de errado com ela? Sim, ele tinha uma boa aparência, semelhante a Lachie, mas mais áspero e com um queixo mais quadrado.

Algo em Darcy capturou seu olhar e se recusou a liberá-lo.

Um pequeno cachorro preto e branco apareceu ao lado dele e latiu por atenção, quebrando o momento.

— E quem é você? — Ela sorriu para o *fox terrier*.

— Este é meu cachorro, Joey. Vá em frente, ele não vai morder.

Abaixando-se, ela estendeu a mão para o cachorro cheirar. Depois de um breve olhar para seu dono, o canino se aproximou para uma coçada.

Podia sentir Darcy a olhando. Levantou-se e olhou ao redor do celeiro, mas seus olhos logo voltaram a pousar nele.

Darcy balançou a cabeça, quebrando o contato e apontou para uma prateleira atrás dela. — Você pode me dar uma escova, por favor?

Meghan se virou e examinou uma série de escovas, pentes e picaretas antes de escolher uma e lhe entregar, tomando cuidado para que não o tocasse. Ele acenou com a cabeça em agradecimento.

Voltou sua atenção para o animal. — Ela é uma égua adorável.

Ele roçou a égua com golpes longos. — Esta é a Shadow. Está prenha. O prazo é de uma semana, mais ou menos. É por isso que não está no curral com os outros.

Meghan deu um passo para trás. A barriga da égua estava protuberante, cheia com o potro. Ela a acariciou, e o bebê lá dentro a recompensou com um chute suave contra sua mão.

— Você cavalga? — Ele se abaixou para escovar as pernas da égua, suas nádegas vestidas de jeans captaram seu olhar.

Ela desviou os olhos para um pente, agarrando-o e começou a trabalhar na crina do cavalo.

— Nasci em um rancho perto de Charters Towers. Meu pai criava cavalos. Mamãe costumava dizer que eu montava antes de aprender a andar. — Sorriu com a lembrança. — Lembro-me de sentar-se na frente do meu pai. Ele costumava me deixar segurar as rédeas.

— E você mora em Townsville agora?

— Sim. Papai morreu quando eu era pequena e tivemos que vender tudo e nos mudar.

Meghan se lembrou de seus primeiros anos no rancho.

Sua mãe e seu pai ainda jovens e profundamente apaixonados, trabalhando lado a lado com os cavalos enquanto ela observava de uma distância segura. Um sentimento de completa felicidade e serenidade envolvendo-a. Esses anos foram os mais felizes de sua vida.

— Sinto muito por ouvir isso. Eu sei o que é perder um pai — Darcy deu apoio.

— Foi há muito tempo. — Depois que seu pai morreu, sua mãe ficou de luto por anos. Meghan teve dificuldades na escola, tanto acadêmica quanto socialmente. A pequena residência para a qual se mudaram era claustrofóbica e o calor úmido do verão era sufocante. Eventualmente, havia se acostumado a isso, mas o desejo pela vida no campo havia permanecido. Agora, finalmente de volta à terra, ela quase podia sentir a poeira voltando para suas veias.

A voz grave de Darcy a trouxe de volta ao presente.

— Então, o que você achou de Brigadier Station?

— Eu não vi muito ainda. Está muito seco e empoeirado.

— Sim. Temporada de poeira de Queensland. Precisamos de uma boa estação chuvosa.

— Posso imaginar que fica ainda mais bonito quando está verde — ela sorriu, imaginando a grama alta e verde na terra marrom rachada, que murchava mais a cada dia.

— A seca vai acabar um dia — disse Darcy com segurança.

— Nada dura para sempre.

CAPÍTULO 3

DARCY OBSERVOU MEGHAN com interesse. Ela tinha uma ternura natural para com a égua. Sua educação no campo era evidente em sua confiança e habilidade enquanto penteava habilmente a crina do animal.

Era sem dúvida atraente, mas em vez da loira, garota da cidade de alta manutenção com seios grandes e pequenos cérebros que eram a escolha usual de Lachie, ela era mais baixa e tinha cabelos escuros. Calça jeans justa acentuava quadris curvilíneos. Memórias de sua ex-namorada invadiram brevemente seus pensamentos. Ele balançou a cabeça, livrando-se de lembranças desagradáveis.

Darcy continuou escovando seu cavalo. Seu olhar frequentemente se voltava para a mulher ao seu lado. Ocasionalmente, ela fazia uma pergunta que respondia com sua honestidade de costume, mas mesmo quando nenhum dos dois falava, havia uma estranha facilidade entre eles.

— Devíamos voltar. O jantar provavelmente está pronto agora. — Colocou a escova de volta na prateleira e gesticulou para que ela fosse em frente. Ela esperou enquanto Darcy trancava a porta do estábulo atrás deles, mantendo a égua segura lá dentro.

— Obrigada por me deixar ajudar. Por favor, me diga se eu entrar no seu caminho — disse Meghan enquanto caminhavam lado a lado de volta para a casa.

Ele se virou em sua direção, a boca em uma linha reta, o olhar fixo na garota. — Eu vou. E só para você saber, eu nunca minto. Para ninguém. — Se havia uma coisa que odiava, eram segredos e mentiras. Ele tinha visto os danos que isso poderia causar e não queria repetir os pecados de seu pai.

Meghan mordeu o lábio inferior. Enquanto ele estudava as linhas em seus lábios, perguntou-se sobre sua suavidade.

Joey latiu e correu para a casa. Darcy observou sua mãe cumprimentar o cachorro na porta.

— Vamos. Sinto o cheiro do jantar. — Eles começaram a subir o caminho de volta.

Darcy não conseguia imaginar Meghan entrando em seu caminho. Na verdade, poderia ser bom ter uma jovem por perto por alguns dias, especialmente se ela pudesse manter Lachie na linha. Deus sabe que ele precisava disso.

Meghan respirou o ar mais fresco da noite e olhou para as planícies marrons. Lachie e Darcy estavam relaxando ao lado dela, em cadeiras de vime espaçadas na varanda, especialmente para aproveitar o pôr do sol. Os dois homens estavam com as pernas compridas vestidas de jeans esticadas na frente, uma cerveja gelada na mão.

Harriet saiu e ocupou o lugar vago mais próximo de Meghan. Um sorriso pronto em seu rosto.

— O que você faz em Townsville?

— Sou enfermeira veterinária em cirurgias. Atendemos principalmente cães e gatos. — Meghan deu um gole em sua cerveja, o líquido refrescante lavando seus nervos.

— Você deve realmente amar os animais, então. — Harriet se inclinou em sua direção. O leve cheiro de perfume persistia, lembrando Meghan do cheiro semelhante que sua mãe tinha usado.

— Eu sempre amei animais. Mas é um trabalho duro. Só vejo animais doentes ou abandonados, o que é difícil. — Até falar sobre isso a engasgava e engoliu as emoções. — Eu gostaria de aprender mais sobre gado e cavalos.

— Você certamente terá a chance de fazer isso aqui.

Lachie se inclinou para frente para entrar na conversa. — Ela também é uma ótima fotógrafa, mãe. Você deveria ver o trabalho dela.

Meghan sentiu suas bochechas quentes. — Eu amo fotografia.

Pintar também, mas apenas como hobby.

— Adoraria ver alguns dos seus trabalhos. Tenho certeza de que você é muito talentosa. — Harriet deu um tapinha de leve em sua mão. A ação familiar surpreendeu Meghan. Havia se esquecido de como era fazer parte de uma família.

— Vejo que trouxe sua câmera — Harriet acenou com a cabeça para a SLR na mesinha de centro. — Nossos pores do sol são espetaculares.

— Estou sempre preparada.

— Falando nisso. — Darcy apontou para o enorme disco laranja pendurado baixo no céu ocidental. Ela tirou um fluxo contínuo de fotos enquanto o sol fazia sua descida graciosa abaixo do horizonte, deixando o céu vermelho e laranja por alguns momentos antes que a escuridão os envolvesse de repente.

— Não se vê pôr do sol como esse em casa — Meghan respirou com admiração quando uma brisa fresca roçou seu rosto.

— São espetaculares — murmurou Darcy.

— Vamos, então. Estou faminto. — O estômago de Lachie roncou em concordância.

Meghan pegou sua câmera e seguiu a família para a sala de jantar. Ocupou o espaço ao lado de Lachie enquanto Darcy se sentou em frente a ela.

O tenro rosbife de Harriet não decepcionou. Meghan saboreava cada garfada úmida, ao contrário dos dois homens que zombavam da carne e das batatas e beliscavam suas verduras.

— Posso repetir, mãe? — Lachie sorriu docemente.

Harriet concordou com a cabeça. — Tem muito lá. Eu cozinhei o suficiente para sanduíches pelos próximos dias também.

Ele se levantou e foi buscar mais.

— Você monta algum dos cavalos, Harriet? — Meghan perguntou, curiosa para ver de quem Darcy havia herdado seu amor por cavalos.

— Não mais. Os cavalos são de Darcy. Lachie não gosta de cavalos. Ele prefere sua moto. — Harriet voltou sua atenção para Darcy. — Você deve levar Meghan. Molly é um cavalo doce e gentil para uma iniciante.

Darcy olhou para Harriet. — O pai dela criava cavalos.

— Sério? — Lachie voltou ao seu lugar com o prato cheio. — Eu não sabia disso.

Meghan ignorou o comentário. — Sim, tínhamos uma pequena propriedade perto de Charters Towers, mas vendemos quando papai adoeceu. Não tenho cavalgado muito desde então.

Darcy se mexeu ligeiramente na cadeira. — Eu preciso fazer uma cavalgada chata amanhã, se você quiser vir.

— Isso seria bom. Obrigada. — Meghan sorriu, ansiosa pela chance de cavalgar e explorar o grande rancho. — Você não se importa, não é, Lachie?

Ele balançou a cabeça em resposta.

— Agora, Meghan — Harriet deu um tapinha gentil em sua mão — Lachie trouxe algumas meninas para casa no passado, eu não vou mentir.

— Mais do que algumas, você sabe. — Darcy provocou baixinho. Sua mãe o silenciou e continuou. — Ele geralmente gosta de loiras.

— Mãe! — Lachie protestou.

— É verdade. Darcy é quem gosta de morenas.

Meghan olhou através da mesa para Darcy. Sua pele beijada pelo sol tinha um toque de rosa, mas ele evitou seu olhar.

— De qualquer forma, é ótimo ter você aqui pelas próximas semanas. — Harriet ergueu sua taça de vinho em um brinde.

— Enquanto estamos brindando, então, devo lhe dizer que Meghan e eu estamos noivos — anunciou Lachie.

Os olhos de Meghan se arregalaram. Ela quase havia esquecido o motivo da viagem. Seu pulso disparou quando ela percebeu as reações. As sobrancelhas de Darcy se ergueram em descrença.

— Parabéns! — Harriet gritou, batendo palmas.

Meghan se levantou para aceitar um abraço caloroso, o alívio a invadindo.

— Eu nunca pensei que esse dia chegaria!

Darcy apertou a mão de seu irmão com um sorriso forçado estampado no rosto.

Lachie não pareceu notar. Ele tinha um sorriso presunçoso e um brilho atrevido nos olhos.

Darcy se virou para ela, sua voz leve com humor.

— Tem certeza de que quer se juntar a esta família? Ele é um saco. — Darcy acenou para Lachie.

Meghan sorriu. — Eu acho que posso lidar com isso.

Harriet bateu palmas. — Devíamos comemorar com champanhe ou algum espumante. Eu não tenho nada, no entanto.

— Cerveja vai servir. — Darcy ergueu a garrafa. — Para o feliz casal.

— Para o feliz casal. — Harriet comemorou enquanto todos batiam suas bebidas juntos.

Enquanto os outros se sentavam, Darcy empurrou sua cadeira e pegou seu prato.

— Aonde você vai? — Harriet perguntou.

— Tenho que verificar os cavalos. — Meghan percebeu que Darcy focava a atenção nos pratos em suas mãos. — Voltarei tarde, então direi boa noite.

— Está bem, então. Boa noite. — Harriet acenou para ele.

Harriet e Lachie o dispensaram como se esse comportamento fosse normal para Darcy. Meghan franziu a testa com sua desculpa.

Eles já haviam fechado o estábulo à noite. Por que ele precisava verificar os cavalos novamente? Ela observou enquanto ele colocava os pratos na pia e saía silenciosamente de casa para a noite fria.

— Qual é o problema com Darcy? — Meghan perguntou a Lachie mais tarde, enquanto se preparavam para dormir. — Ele tem uma namorada?

— Nah. Teve no colégio, mas ela o fez de bobo, e ele não namorou muito desde então.

— O que ela fez?

— Quem sabe? — Lachie deu de ombros. — Darcy não fala muito às pessoas; ele guarda para si mesmo.

Meghan franziu a testa e se perguntou o que teria acontecido.

Darcy era bonito e certamente teria mulheres brigando por ele se morasse na cidade. Talvez não tivesse encontrado alguém disposto a viver tão remotamente ainda. Ou talvez fosse um romântico e estivesse esperando um amor verdadeiro. Ela gostou da ideia.

Ele deve se sentir sozinho, no entanto. Ela conhecia a solidão muito bem.

Lachie, Harriet e Darcy eram sua família agora. Ela não poderia ter esperado uma recepção melhor ou uma família melhor para entrar pelo casamento.

Meghan acordou com a cama vazia e o sol entrando pelas cortinas. Ela esperava que Lachie a acordasse para que pudessem tomar café da manhã juntos. Depois de vestir rapidamente um par de jeans e uma camiseta, ela se dirigiu para a cozinha.

— Bom Dia. Como você dormiu? — Harriet ficou no balcão da cozinha sovando uma massa; o cheiro de assado enchia a sala.

— Incrivelmente bem, obrigada. Deve ser o ar fresco.

— Ótimo. Os meninos já saíram e não sabem quando voltarão. Sirva-se de cereais e torradas, ou posso fritar bacon e ovos para você.

— Não, você está ocupada e cereal parece ótimo. — Meghan preparou seu café da manhã e conversou com Harriet enquanto comia. Já fazia muito tempo que não tinha a companhia de uma mulher mais velha e ficou surpresa com o quão agradável ela era.

— Eu tento fazer uma porção de assados uma vez por semana. Pão, biscoitos e bolos. Os meninos gostam de doces para o lanche da tarde.

— A que distância fica o supermercado? — Meghan acabou com seu cereal.

— Há dois em Julia Creek, que fica a quarenta minutos de distância. Mas eu só compro o essencial neles ou mando enviar pelo correio. — Harriet ajustou a temperatura do forno em preparação para a próxima bandeja de biscoitos *Anzac*. — Vou para o oeste para Cloncurry uma vez por mês e faço uma grande compra lá.

— Cloncurry? Não é mais algumas horas de carro?

Harriet concordou com a cabeça. — É por isso que é apenas uma vez por mês.

Meghan pensou em Jodie. Foi por isso que ela insistiu que sua amiga experimentasse a vida no campo antes de fazer uma mudança tão grande. Consideravam as coisas como certas na cidade. Quer um café? Vá a um café. Quer comida entregue? Sem problemas. Não aqui. Se você não tivesse algo na geladeira, não poderia simplesmente correr até a loja da esquina. Viver no rancho era um estilo de vida totalmente diferente.

— Você se sente sozinha?

Harriet deu um sorriso astuto. — Não, eu faço parte da *Queensland Country Associação de Mulheres*, e nos encontramos regularmente para arrecadar fundos, fazer arte e artesanato, esse tipo de coisa. Darcy tem as competições de pastoreio. Lachie tem seus amigos no pub. Ou tinha antes de conhecê-la. — Harriet enxugou as mãos no avental e examinou o balcão. — Todos nós apoiamos e ajudamos uns aos outros aqui. É uma das melhores coisas de se viver no campo. Você tem amigos em todos os lugares. Qualquer um pode se encaixar pelo tempo que quiser.

Meghan lavou sua tigela e guardou-a. Virando-se para Harriet, sua voz estava rouca de emoção. — Obrigada. Por uma recepção tão calorosa.

O cheiro forte e açucarado de xarope dourado a envolveu enquanto Harriet a abraçava. Continha todo o conforto do abraço carinhoso de uma mãe. Os olhos de Meghan se encheram de lágrimas não derramadas.

— Esta é sua casa agora. Sua família. — A sinceridade no rosto de Harriet foi quase a ruína de Meghan. Ela enxugou os olhos quando foi liberada.

Depois de respirar fundo, voltou-se para sua nova amiga.

— O que posso fazer para ajudar?

— Você se importaria de pegar os ovos para mim do galinheiro?

— Certo. — Meghan ficou feliz em ser útil, apesar de nunca ter retirado ovos de um galinheiro antes. Harriet apontou para o balde de lata perto da pia. — Alimente-as também, por favor. O caminho passa por trás do tanque de coleta de água da chuva.

Meghan seguiu o caminho de terra em direção ao grande tanque verde. Na noite anterior, soube que a família armazenava água da chuva para tomar banho e limpar.

Ao lado, havia um curral com dois porcos grandes e grunhindo dentro. Eles não pareciam particularmente amigáveis fuçando no chão, então Meghan continuou andando avistando o galinheiro alguns metros adiante.

As aves multicoloridas estavam bicando a grama dentro de seu grande cercado de arame, mas ergueram a cabeça quando viram sua aproximação. Meghan podia sentir seus olhos fixos nela quando destravou a porta e entrou, fechando-a atrás de si. Esvaziou o balde de restos no chão, e as galinhas se aglomeraram na comida abrindo um caminho para que pudesse passar. Na área abrigada, coberta com ripas de madeira, encontrou caixas individuais cheias de palha. Recolheu cada ovo quente até encontrar uma caixa que ainda estava ocupada por uma galinha de cor gengibre. Suas penas eriçadas, bico curvado e afiado, pronto para bicar quando sua cabeça se contraiu. Meghan mastigou o lábio perguntando-se se deveria tentar afastá-la.

Depois de uma tentativa fracassada de tentar assustar a galinha, recebeu um barulho de raiva de volta, irritado.

Afinal, era só uma galinha. Nada que ela não pudesse lidar.

Lentamente, estendeu a mão para enfiar embaixo da galinha, quando, de repente, ela voou para ela. Distraída pelo redemoinho de penas, Meghan sentiu uma dor repentina na mão.

— Ai! — Meghan saltou para trás contra a parede. A galinha ofensiva olhou para ela, a cabeça se mexendo de um lado para o outro, desafiando-a a tentar de novo.

— Ok, você ganhou esta rodada — ela cedeu. — Mas eu vou ganhar a guerra. Apenas espere e veja.

Para sua surpresa, a galinha pulou tranquilamente de seu ninho e se exibiu ao se juntar às amigas.

Meghan exalou de alívio e recolheu os ovos quentes antes que a galinha mudasse de ideia.

Ela lutou contra o impulso de voltar correndo para casa depois de trancar a gaiola atrás dela. Olhando em volta, ficou feliz por ninguém ter testemunhado o evento.

— Muito bem — exclamou Harriet ao ver o sucesso. — Alguma delas bicou você?

— Apenas uma. — Meghan distraidamente esfregou a mão.

— Você tem que mostrar a ela quem manda. — Harriet apertou seu braço de modo tranquilizador.

Darcy e Lachie chegaram em casa logo após a uma hora da tarde.

A respiração de Meghan prendeu quando ela viu os dois pela primeira vez naquele dia. Não pôde deixar de notar como eles ficavam bem em suas camisas de trabalho azuis desbotadas e jeans desgastados. Era a primeira vez que ela via Lachie usando um chapéu de cowboy surrado. Foi puxado para baixo em sua cabeça para protegê-lo do forte sol escaldante. Todo o efeito de sua aparência a deixou quente e formigando.

Lachie parou o tempo suficiente para beijar sua bochecha e sussurrar um bom dia em seu ouvido. Sua atenção então se concentrou na comida. Estava sempre com fome. Ela invejava seu metabolismo.

A conversa durante o almoço foi focada no trabalho e impessoal. Meghan tentou acompanhar, mas rapidamente perdeu o interesse em falar de máquinas e corta-fogo.

O telefone de Lachie tocou e, lançando um sorriso de desculpas em sua direção, atendeu e foi para seu escritório.

Harriet limpou a louça e voltou para a cozinha.

Meghan se viu sozinha com Darcy enquanto eles terminavam suas xícaras de chá. — Você fez algo emocionante esta manhã?

Darcy coçou o nariz. — Consertamos uma cerca.

Coisas emocionantes.

— Bem, eu peguei ovos. — Ela sorriu com orgulho.

— Impressionante. Você foi bicada?

— Sim. Apenas por uma.

— Parabéns. Você merece aquela cavalgada. — Ele terminou o copo de chá, colocou o chapéu novamente e se dirigiu para a porta.

— Vamos. — Ela pulou da cadeira e o seguiu para fora. Calçou apressadamente as botas na porta enquanto Joey a observava, abanando o rabo com entusiasmo.

Shadow, a égua prenha, a saudou com um bufo e Meghan rapidamente lhe deu um tapinha enquanto seguia Darcy, correndo para acompanhar seu passo largo. Através dos estábulos havia um curral onde dois cavalos vagavam contentes, suas caudas balançando nas moscas. Um pônei marrom atarracado trotou e cutucou a mão de Darcy em busca de guloseimas.

— Esta é a Molly. — Darcy esfregou o nariz do pônei. Sua idade era evidente pelos cabelos grisalhos em torno de suas narinas. — Ela é uma molenga. Mamãe traz suas maçãs e a estraga. — Meghan afagou-a carinhosamente e fez cócegas em seu focinho.

Molly fechou os olhos apreciando a atenção.

— Vamos, garotas —Darcy disse enquanto ia na frente para sala de arreios. Rapidamente com dedos hábeis, selou e freou a égua enquanto Meghan observava e fazia amizade com o animal. — Ela é uma menina velha, mas ainda adora galopar. Se perder o controle apenas espere e eu vou ajudá-la — ele a tranquilizou.

Meghan colocou o pé no estribo, agarrou-se à sela e içou-se para cima. Ele assistiu, mas se absteve de ajudar. Uma vez acomodado em seu assento, ele ajustou as alças, seu braço roçando sua panturrilha vestida de jeans.

Darcy entregou-lhe as rédeas e conduziu-a de volta ao curral. — Fique aqui. Eu estarei de volta em um minuto. — Sozinha com a égua, ela se mexeu no lugar e se acostumou com a sensação da sela dura embaixo dela. Cheirava a óleo fresco. Segurou as rédeas. As orelhas de Molly tremeram, mas ela ficou em silêncio, esperando por seus comandos. Quando se sentiu mais confiante, Meghan deu um impulso suave em Molly e a encorajou a andar. A égua concordou prontamente, seu andar suave e fluido.

O instinto assumiu enquanto caminhavam juntos em círculos, aumentando gradualmente a velocidade para um trote. Meghan acompanhou o ritmo suave, subindo e descendo no ritmo do andar do cavalo.

— Você é natural. — Darcy trotou em um cavalo preto brilhante.

— É bom estar de volta à sela.

— Isso é para você — ele lhe entregou um Akubra.

— Obrigada. — O feltro de fulvo era liso e novo sob seus dedos. Ela colocou o chapéu e puxou-o para baixo. O ajuste foi perfeito. — O que você acha?

— Você parece uma *cowgirl*. — Seus olhos percorreram o jeans, a camiseta justa e as botas marrons. — Não está se transformando em uma *Buckle Bunny*, não é?

— Uma o quê?

— *Buckle Bunny*. As garotas com fivelas de cinto brilhantes e muita maquiagem.

— Qual é o sentido da maquiagem aqui? Derreteria imediatamente. — Encolheu os ombros e reajustou o chapéu, perguntando-se brevemente onde ele o teria encontrado.

Darcy conduziu sua montaria para fora do curral, inclinando-se de sua sela para abrir o portão e novamente para fechá-lo depois que Molly passou.

— Parece que você sabe o que está fazendo — disse ele, chamando a sua atenção.

— Tudo está voltando para mim agora. — Ela se abaixou e acariciou o pescoço quente de Molly com ternura. — Então, para onde vamos?

— Precisamos rastrear as linhas de perfuração e garantir que a água possa fluir para as vacas.

— O que é uma linha de perfuração?

— Está bem aqui. — Ele apontou para uma linha de árvores onde uma trincheira rasa estava cheia de água turva. Vacas pastavam preguiçosamente nas proximidades, uma novilha magrinha bebeu da água.

Quatro cangurus pularam das árvores e se espalharam pelos campos. — Você viu aquilo? — Perguntou animada.

— São chamados de *roos* por aqui. Eles podem sobreviver à pior seca sem problemas. Você provavelmente verá emas e porcos selvagens também.

— Eu vi os porcos no cercado esta manhã. — Meghan distraidamente golpeou uma mosca que zumbia em sua cabeça.

— Porcas selvagens. Eu as peguei alguns meses atrás. Você não pode comer porcos selvagens imediatamente, eles têm todos os tipos de vermes. Temos que alimentá-los com restos de comida por alguns meses antes do abate. Mamãe os quer no Natal.

— Você caça porcos regularmente, então?

— Se eu sei que há um por perto, especialmente se estiver atacando o gado, então vou caçá-lo. Nós os capturamos ocasionalmente para comer carne.

Meghan ergueu as sobrancelhas. — Isso é muito autossuficiente.

— Nós cortamos nossa própria carne também. Costumava cuidar de ovelhas merino quando Noah estava aqui. Papai se livrou delas quando Noah foi embora. É uma pena, sinto falta das costeletas de cordeiro na primavera. São muito caras para comprar hoje em dia.

Embalada em um estado de sonho pelo ritmo oscilante da marcha de Molly, Meghan manteve os olhos nas costas largas de Darcy enquanto ele cavalgava à frente. Seus músculos ondulavam enquanto seguia ao longo da trilha de terra e sobre uma grade de gado. Ele se virou de repente na sela, como se pudesse sentir os olhos dela o estudando. Ela desviou o olhar rapidamente, sentindo um rubor quente em suas bochechas.

Ela lutou por algo para dizer. — O que os animais estão comendo? Quase não há grama.

— Semente de algodão. Está cheio de nutrientes suficientes para mantê-los vivos, mas, infelizmente, não os engorda. — Ele apontou um grande trailer no meio do campo.

— Esse é o nosso alimentador de sementes de algodão. Só temos que enchê-lo uma vez por mês ou mais, e eles comem fora dele. Ocasionalmente, também colocamos um pouco de melado. Eles se divertem comendo aquela coisa pegajosa — disse com um sorriso.

Molly lutou contra o freio enquanto se aproximavam de um grande curral vazio.

— Você pode deixá-la correr, se quiser. — Darcy gesticulou à frente.

Meghan sorriu, e com um pequeno chute, Molly começou a trotar. Com um pouco mais de incentivo, ela acelerou.

Meghan se deleitou com o vento passando por ela. Olhou para trás para ver que a montaria de Darcy também estava galopando, e ele a alcançou. — Vamos, garota — ela apressou Molly.

Apesar de ter uma montaria mais rápida e mais jovem, ele ficou um ou dois metros atrás dela enquanto galopavam pelo campo plano. Por fim, ela pôde sentir o cansaço da égua, então a controlou. Darcy parou ao lado dela, ligeiramente sem fôlego.

— Gostou disso? — Ele encontrou o olhar dela com um sorriso tão caloroso e envolvente que a fez estremecer.

— Isso foi emocionante! — Meghan jogou a cabeça para trás e as mãos abertas.

— Depois de conhecer a configuração do terreno, você poderá sair com ela. — A admiração brilhou em seus olhos.

— Isso seria bom. Eu gostaria de ajudar o máximo que puder.

Ondas de calor tremeluziam ao redor do pasto nada diante deles. Era como se fossem as únicas criaturas tolas o suficiente para enfrentar o sol da tarde.

Enquanto inspecionavam o terreno, Darcy lhe contou sobre o rancho, sobre sua família e a história. Por três gerações, a família McGuire viveu e morreu na Brigadier Station, trabalhando durante os tempos difíceis de enchentes, secas e dificuldades econômicas.

— Foi meu bisavô quem primeiro se estabeleceu aqui. Ele foi um brigadeiro na Primeira Guerra Mundial, veio para cá depois. As pessoas se referiam a este lugar como a estação do Brigadeiro. O nome pegou. Ele se tornou um dos criadores de gado mais bem-sucedidos de sua geração. — O carinho e a gratidão suavizaram sua voz. — Brigadier Station é um testemunho de seu espírito pioneiro.

O cheiro de metano há muito esquecido do gado a saudou ao mesmo tempo que Darcy apontou para um rebanho pastando faminto. — Aqui estão alguns dos nossos desmamados. Nós só temos cerca de quatrocentos restantes aqui. O resto está espalhado. — Meghan notou sua cor dourada de mel. — Que raça são eles?

— Droughtmaster. Isso é um cruzamento entre *Brahman* e *Shorthorn*. São os mais adequados para cá e têm preços decentes quando os vendemos. Também temos um programa de criação.

— Quão grande é Brigadier?

— Sessenta mil acres. Vamos cobrir apenas uma pequena parte hoje.

Meghan ficou impressionada com a vastidão. Lachie tinha insinuado que era grande, mas ela não tinha ideia de que fosse enorme.

Ela olhou para as planícies secas. Os limites de seu pequeno mundo eram tão extensos, mais longe do que seus olhos podiam ver.

De repente, Molly se encolheu e se ergueu, bufando em alarme. Instintivamente, Meghan apertou suas coxas e segurou com força. Darcy saltou de seu cavalo e rapidamente agarrou as rédeas de Molly, murmurando baixinho e acariciando-a de forma tranquilizadora.

— Ei, você está bem?

Suas bochechas se aqueceram quando seu olhar fez uma inspeção rápida, mas completa. A preocupação permaneceu em seus olhos.

— Estou bem. Como está Molly? — Ela se inclinou para frente na sela e acariciou o pescoço da égua.

— Ela está bem. Deve ter sentido o cheiro de uma cobra. — Olhou para um emaranhado de arbustos. — Esse é o provável esconderijo delas.

O medo percorreu por sua espinha. — Cobras?

— Não se preocupe, não vou deixar nada acontecer com você.

Darcy captou seu olhar e, hipnotizado por aqueles penetrantes olhos azuis, o medo foi substituído por um calor.

Seu coração bateu mais rápido. Certamente, era a adrenalina do incidente da cobra.

Ele foi o primeiro a quebrar a conexão. — É melhor você se acostumar se vai morar aqui. Temos nosso quinhão de perigo.

Os cavalos escolheram cuidadosamente o seu caminho em terreno irregular, protegidos por enormes árvores coolabah. Ocasionalmente, Darcy apontava pássaros ou outras coisas que pensava que poderiam ser do interesse de Meghan.

Sob o chapéu, seu rabo de cavalo grosso balançava sobre os ombros. Ela parecia frágil, como uma boneca de porcelana que ele vira em uma loja uma vez. Mas, aqui fora, ela se tornou parte do ambiente, tão em casa nessas planícies quanto os coelhos e os cangurus.

Ele olhou para a vista e se perdeu na desolação que se estendia à sua frente. Estava tão quente. Muito quente para esta época do ano. Tinha que esfriar. Tinha que chover.

Em algum tempo.

— Você ficou surpreso quando Lachie anunciou nosso noivado. — A voz de Meghan estava grave com a preocupação.

Darcy pensou por um momento, com cuidado para não dizer nada ofensivo, mas querendo ser honesto. — Estou surpreso que qualquer mulher consiga fazer Lachie se comprometer.

Ela riu. — Você está brincando? Não foi realmente tão difícil.

Ele se lembrou de passar a noite no pub, cuidando de seu irmão embriagado, que geralmente era encontrado babando pela última mochileira que virara garçonete.

— Lachie sempre foi um jogador. Ou pelo menos ele era. Você o mudou. Tem sido tão gradual que eu mal percebi.

— Ele nunca foi assim perto de mim. Ele sempre foi muito comprometido.

Darcy arqueou as sobrancelhas em surpresa. — Há quanto tempo vocês dois estão juntos?

— Oito meses.

— Isso é um noivado muito rápido, então. Especialmente porque é sua primeira vez aqui. A menos que ele esteja planejando se mudar para Townsville? — Ele não conseguia imaginar Lachie desistindo de seu direito de primogenitura.

— Não, vamos morar aqui no rancho.

— Como você sabe que vai gostar?

— Eu só sei — ela encolheu os ombros. — Não me importo com cidades e Townsville tem apenas 170.000 habitantes, então não é tão grande. Grande o suficiente para boas compras, pubs e entretenimento ao vivo, mas pequena o suficiente para encontrar um espaço tranquilo quando a multidão aumenta demais. — Ela voltou sua atenção para o horizonte sem fim.

— Mas, quando vejo esses campos empoeirados e árvores de goma, é como se eu estivesse voltando para casa. Eu acho que isso não faz sentido. Mas é verdade.

Darcy conhecia bem esse sentimento. Sempre que voltava de uma viagem, se sentia aliviado, como se pudesse respirar novamente.

A poeira era seu oxigênio; ele precisava disso para sobreviver.

— A vida no campo é difícil. Todos nós trabalhamos muito, até mamãe. Uma mudança de árvore não significa que a vida abrande.

— Eu posso ver isso. — disse empurrando o chapéu para trás e fazendo uma careta para a terra. — Alguns caras se cansam de olhar para a mesma vista todos os dias. Ficar isolado em um rancho no meio de um verão escaldante pode deixar as pessoas loucas. Não é uma vida fácil se você não está acostumado.

A expressão melancólica em seu rosto a fez perceber quanto tempo fazia desde que ele teve uma conversa com uma mulher que não era parente dele ou esposa de outra pessoa.

Ele realmente precisava sair mais.

— Acho que nunca vou enjoar deste lugar. — Suas palavras eram suaves. Ele se perguntou se ela percebeu que tinha falado em voz alta. Para uma mulher inteligente, ela parecia envolvida no romance do interior. Ele esperava, pelo bem dela e de Lachie, que estivesse preparada para um trabalho árduo. Principalmente se a seca durasse muito mais.

Darcy sabia de garotas da cidade que se mudaram para a área na esperança de encontrar um rico e bonito herdeiro de ranchos. Quase sempre voltavam para casa desanimadas. Às vezes, deixando casamentos desfeitos em seu rastro. Mas Meghan parecia honesta em suas intenções.

Cacatuas guincharam acima deles quando ele assumiu a liderança enquanto o caminho se estreitava e a casa ficava à vista.

Ele contemplou o futuro e o que significaria ter Meghan morando com eles. Teria uma cunhada. Outra pessoa para ajudar na casa e nas terras. Um lembrete de que ele nunca teria uma esposa e uma família própria, a menos que saísse de lá. Suspirou. Ele não podia arriscar outro desgosto. Meghan podia pensar que era durona o suficiente. Esperava que ela provasse que isso fosse verdade. Mas seria uma em um milhão. Ele não teria tanta sorte quanto seu irmão.

O belo rosto de Meghan o lembraria disso todos os dias.

CAPÍTULO 4

A ÁGUA QUENTE acalmou seu corpo dolorido enquanto Meghan estava no chuveiro deixando a água lavar a sujeira. Observou os restos de lama girando e escorrendo pelo ralo, sabendo que estaria dolorida no dia seguinte.

Ela se lembrou da viagem com Darcy. Ele era tão protetor com seu irmão mais velho, fazendo perguntas e verificando seus motivos. Deve ter sido divertido para eles crescerem. Ter irmãos com quem compartilhar sua infância. Companheiros constantes para fazer travessuras e forjar laços para toda a vida.

Gostaria de poder apertar o botão de retrocesso para um tempo de inocência infantil. Quando não havia morte, nem seca.

Para a época em que seus pais ainda estavam vivos para segurar sua mão e dizer que seu final feliz existia. Ela vestiu uma saia jeans curta simples e uma camisa rosa. Estava secando o cabelo com uma toalha na frente do espelho quando Lachie apareceu na porta.

— Você foi cavalgar? — Perguntou ele se deitando e se espalhando na cama.

— Sim, Darcy me levou. — Ela largou a toalha e subiu na cama ao seu lado. Parecia cansado, esgotado. Enrolou-se junto a ele, que colocou o braço sobre o ombro dela.

— Dia cheio?

— Muito. — Ele suspirou. — Lamento não poder passar mais tempo com você.

— Tudo bem. Adorei dar uma olhada no rancho hoje.

— É tão bonito. — Lachie murmurou concordando enquanto brincava com os botões de sua camisa.

— Acho que devíamos fazer o casamento aqui. — Ela ergueu os olhos para ver sua reação.

— Você quer? — Ele pareceu surpreso.

— Sim, faz sentido. De qualquer maneira, será um casamento bem pequeno. Apenas sua família e alguns amigos.

— OK. Quando?

— Quanto tempo leva para planejar um casamento? Algumas semanas? — Ela bateu os dedos nos lábios. — Eu quero morar aqui. Eu quero que nossa vida comece. Agora.

— Tudo bem, então. Melhor antes do início da estação chuvosa. Então, se ninguém vier, teremos um ao outro para nos entreter. — Ele rolou para cima dela e beijou seu pescoço. Obviamente, não estava tão cansado assim.

— O jantar está pronto — Harriet cantou do outro lado da porta fechada do quarto.

Lachie caiu desapontado contra Meghan, que não pôde deixar de rir com a interrupção.

— Obrigado, mãe — Lachie gritou de volta quando Harriet bateu na porta.

— Vamos. Vamos dizer a ela que marcaremos uma data.

— Eu sempre quis fazer um casamento aqui! — Harriet abraçou sua futura nora com entusiasmo quando lhe contaram seus planos.

— Não será nada muito sofisticado, e irei cuidar de todo o planejamento. — Meghan não queria ser um fardo para Harriet, que certamente estava ocupada o suficiente cuidando da casa.

— Deixe-me fazer alguma coisa! As flores e a comida? Você não quer trazer tudo de Townsville.

Meghan percebeu que isso significaria muito para ela. — Ok, a comida. Mas não precisamos de flores. Podemos nos casar na frente das rosas.

Harriet tocou o coração com a mão, as lágrimas brilhando em seus olhos. —Isso vai ser lindo.

A figura alta e robusta de Darcy apareceu na porta de tela. Ele se abaixou um pouco, tirando as botas sujas, antes de entrar.

— Darcy. — Harriet mal podia esperar que o pobre homem entrasse antes de contar a notícia. — O casamento vai ser aqui! — Ela estava fervendo de entusiasmo.

— Sim? — Darcy olhou brevemente para Meghan e Lachie.

— Isso me salva de uma viagem para Townsville. — Ele foi até a pia e lavou as mãos. Lachie ficou ao lado de seu irmão e eles conversaram sobre o gado no curral oeste.

Meghan observou como eles se tratavam com facilidade enquanto riam e brincavam bem-humorados.

Lachie piscou para ela antes de voltar para seu irmão. — Darcy, quer ser meu cavalheiro de honra?

Darcy ergueu os olhos com surpresa antes de encobrir com uma piada. — Eu já sou o seu cavalheiro. — Lachie deu um tapa nas costas dele carinhosamente

— E sou eu quem vai me casar primeiro? — Ele sorriu largamente e saiu. O olhar de Darcy pousou brevemente em Meghan, e ela se perguntou novamente por que ele ainda estava solteiro.

Era madrugada quando Meghan saiu da cama para usar o banheiro. Caminhou na ponta dos pés pelo corredor em sua camiseta de algodão branco e shorts rosa. A velha casa estava silenciosa.

Ela saltou para trás quando a porta do banheiro se abriu alguns metros à frente dela e a luz se espalhou, iluminando o corpo alto de Darcy. Seus ombros nus encheram a porta.

— Você está bem? — Ele estendeu a mão para firmar o braço dela.

Ela sentiu seu sangue esquentar enquanto considerava a pele de tom dourado acima dos shorts pretos. Não tinha ideia de que um corpo tão tonificado estava se escondendo sob suas roupas de trabalho gastas.

E os olhos dele estavam em seu corpo seminu.

Nervosa, ela cruzou os braços sobre o peito. Sua respiração estava acelerada agora. — Você não ficou depois do jantar.

Ele limpou a garganta e olhou para o rosto dela. — Não.

Balançou a cabeça levemente, como se tentasse se lembrar de onde estivera. — Shadow está quase parindo e deu alguns sinais de que está começando.

— Ela está bem?

— Está. Alarme falso. — Ele se moveu de lado para que ela pudesse passar.

Quando se aproximou, pôde sentir o cheiro da combinação familiar de cavalo e feno. Isso a fez parar e respirar.

Ela se virou ligeiramente e se viu a centímetros de seu peito sólido.

— Darcy, você vem me buscar se Shadow entrar em trabalho de parto? Eu gostaria de estar lá. Para ajudar, se puder.

Ele ergueu o braço e esfregou o pescoço. — Ela fará todo o trabalho duro, mas se você ainda estiver aqui, eu a chamo.

— Obrigada. Isso me interessa. Como enfermeira veterinária, quero dizer.

Ela estava prestes a se mover quando viu uma cicatriz irregular sobre o coração. Sem pensar, ela o tocou. — Como você conseguiu isso? — sob seus dedos, ela podia sentir seu coração batendo forte. Seu peito subiu quando ele respirou fundo. Ela ergueu os olhos e se distraiu olhando para a boca dele.

Ele lambeu os lábios secos antes de se afastar dela.

— Essa é uma história para outro dia. — Entrou em seu quarto e fechou a porta com firmeza atrás de si.

Darcy se recostou na barreira de madeira. Agora era a única coisa que o impedia de tomar aquele corpo macio e flexível em seus braços. Seu perfume frutado ainda permanecia em suas narinas. Olhou para sua cama e a imaginou nela.

Sua pele macia e pálida sob suas mãos, seus lábios sob os dele. Flexionou as mãos tentando se livrar da necessidade de tocá-la. Sua presença semivestida deixara pouco para a imaginação. Seus seios empinados com pontas escuras e pontiagudas o fizeram perceber toda a extensão de seu desejo. Não adiantava fingir que não estava loucamente atraído por ela e, às vezes, quando a olhava, se perguntava se ela sentia o mesmo. Esse tipo de química era difícil de disfarçar.

Mas qual era o sentido disso? Ele era um tolo por pensar assim sobre ela — a noiva de seu irmão.

O máximo que poderia esperar era amizade. Tinha que se manter forte e evitar qualquer contato físico. Talvez pudesse saciar seu desejo com outra mulher na cidade uma noite. Talvez pudesse encontrar uma mochileira ou turista de passagem que ficaria feliz o suficiente por ficar em sua companhia por uma noite. Não precisava de nenhum tipo de complicações de longo prazo.

Deslizou na cama esperando que pudesse se desligar e não pensar sobre a beleza na porta ao lado, na cama com seu irmão.

CAPÍTULO 5

No DIA SEGUINTE, Harriet levou Meghan até o rancho dos vizinhos. A propriedade era semelhante à de Brigadier — térrea com varandas grandes e sombreadas, cercadas por árvores de sombra. Os currais secos que as cercavam estavam vazios, exceto pelo sussurro ocasional de poeira marrom.

Maddie Sears deu-lhe as boas-vindas com um abraço amigável. Seu sorriso era genuíno e honesto. Aquela era uma mulher que poderia se tornar uma boa amiga, apesar de ser alguns anos mais velha que Meghan. Como a maioria das mulheres do campo, Maddie usava o cabelo castanho-avermelhado comprido e amarrado para trás, o rosto bronzeado pelo sol estava marcado com leves rugas de preocupação.

— O que você acha do interior? — Maddie perguntou enquanto servia chá quente nas canecas.

— É maior do que eu pensava — Meghan respondeu aceitando sua xícara. — Há uma vastidão que eu não esperava.

Maddie sorriu conscientemente. — Acho que você ama a vida no campo ou a odeia. Eu amo isso. Mas sou do Monte Isa, então, isso é tudo que conheço.

Harriet assentiu concordando. — Bem, é melhor ela adorar porque Meghan e Lachie estão noivos.

Um grito escapou da boca aberta de Maddie. — Parabéns. Ele é um partidão.

— Obrigada. — O calor subiu por seu pescoço. — Por que todos estão tão chocados com essa notícia?

Maddie olhou para Harriet, que deu de ombros. — Lachie tem uma reputação de mulherengo.

— Obviamente, ele superou isso agora — Harriet lhe garantiu com um tapinha suave no joelho.

— Enfim, me mudei para cá há três anos, quando me casei com Dylan. Então, se você tiver alguma dúvida, pergunte-me.

Todo mundo é muito simpático e acolhedor. Maddie tinha uma salubridade terrena, como Harriet. Como se tivessem se tornado parte de seu ambiente. Uma estranha sensação de satisfação passou por Meghan.

— Obrigada, eu vou. — Ela tomou um gole de chá enquanto a conversa se voltava para outros assuntos.

— Darcy vai competir neste fim de semana? — Maddie perguntou a Harriet. — Todo mundo adora assistir Darcy naquele cavalo dele.

Harriet sorriu com orgulho. — Ele vai. Está muito confiante para esta rodada, e Jasper está em perfeita forma. Você vai levar as crianças?

— Não tenho certeza. Jamie é um pouco jovem para um fim de semana tão turbulento.

Uma mulher bonita em seus vinte e poucos anos com um longo rabo de cavalo loiro apareceu com a cabeça pela porta da sala de estar. — Com licença?

— Briar, venha conhecer a noiva de Lachie. — Maddie encorajou. — Meghan, este é nossa *govie* Briar.

A jovem ergueu as sobrancelhas. — Lachie vai se casar. Muito bem.

— Obrigado. Desculpe minha ignorância, mas o que é uma *govie*? — Meghan perguntou curiosamente.

— Governanta. Eu cuido das crianças — explicou ela.

— Briar é uma dádiva de Deus! Dylan tem uma filha de oito anos de seu primeiro casamento, e ela estuda na Escola do Ar. Briar a ajuda com isso e geralmente ajuda com as crianças.

— Escola do Ar?

— A Julia Creek School fica a quarenta minutos. A Escola do Ar é feita online. — Maddie explicou.

— Antes da internet, meus meninos faziam pelo rádio e pelo correio. É muito mais fácil agora — disse Harriet.

— Uau. — A carga de trabalho de uma mulher no campo era enorme, não apenas cozinhavam, limpavam, cuidavam da casa, educavam seus filhos em casa, cultivavam seus próprios vegetais e criavam gado, mas deveriam ajudar com o rancho também. Darcy estava certo, não era uma vida tranquila. Ela certamente podia ver por que as *govies* eram úteis.

— Emma terminou seu trabalho, e eu gostaria de levá-la para nadar se estiver tudo bem? — Briar perguntou a Maddie.

— Parece uma boa ideia. Obrigada. — Meghan observou a jovem sair. O dia de hoje parecia uma prévia de como seria sua vida. Maddie era a típica esposa do campo e desempenhava bem o papel. Como Harriet, ela não reclamava nem gemia, simplesmente fazia o melhor que podia. Ter mulheres tão fortes e confiantes por perto seria uma ajuda enquanto encontrava seu caminho nesta nova vida. Meghan estava grata. Ela se perguntou quantas outras recém-chegadas receberiam esse apoio.

Os gemidos suaves de um bebê chorando colocaram Maddie de pé. — Vou pegar Jamie, deve estar querendo comer. — Ela saiu pelo corredor.

Harriet se aproximou de Meghan. — Maddie e Dylan cuidam de ovelhas e gado. Embora tenham vendido a maior parte do gado no ano passado. A seca os atingiu com força, e eles estão apenas sobrevivendo. — Meghan pressionou a mão contra o coração. Nunca teve que suportar tantas dificuldades. Só podia imaginar o quão duro essas famílias estavam trabalhando por isso. O quanto lutavam apenas para colocar comida na mesa. — Muitos ranchos estão vendendo seu estoque?

— A maioria já vendeu tudo o que podia ou mantém no mercado. Vimos algumas propriedades vendidas ou abandonadas. Um lote chegou a ser vendido a um comprador chinês.

— Isso afetará a área?

— Quem sabe. Ninguém mais queria comprar o lugar. Tenho certeza de que eles teriam preferido vender para os australianos. — Maddie voltou com seu filho vestido somente com a fralda no quadril.

Seu cabelo preto e espesso estava despenteado pelo sono.

Meghan olhou para seu rosto rechonchudo e grandes olhos castanhos. — Ele é maravilhoso. Que idade ele tem?

— Sete meses — Maddie se sentou o filho no chão rodeado de brinquedos — Ele é uma bênção. Disseram-me que não poderia ter filhos, e então, surpresa! Eu engravidei.

— Uau — respondeu Meghan, encantada pela criança pequena enquanto o observava mastigar uma girafa de brinquedo. Timidamente acariciou sua bochecha macia e sedosa. Os olhos dele encontraram os dela, e ela sentiu uma vibração no peito.

Tendo crescido sem irmãos ou primos, a experiência de Meghan se limitava às crianças que ela ocasionalmente cuidava na adolescência. Bebês eram totalmente novos para ela, e observava cada gorgolejo e sorriso maravilhada. Aquele menininho era simplesmente a criatura mais adorável que já tinha visto. Quando ele envolveu os dedos nos dela, uma dor física se instalou em seu estômago. De repente, sabia, sem dúvida, que um dia ela queria um filho. A ideia de poder criar os filhos na Brigadier Station, rodeada de familiares e amigos, com animais para criar, cavalos e motos para andar, parecia um sonho.

A emoção doeu em sua garganta. Como queria que sua mãe estivesse viva para que pudesse estar lá para seus futuros netos. Harriet seria uma avó maravilhosa. Nunca faltaria amor para as crianças, pois haveria muitas pessoas o derramando sobre eles.

Ela percebeu que poderia ser uma vida cheia e ocupada para as esposas aqui, mas também era gratificante de muitas maneiras. Nunca mais seria capaz de viver na cidade depois disso.

Trânsito, estranhos, poluição. Isso tudo parecia uma vida passada. Seu passado. Este era o seu futuro. A Brigadier Station era seu futuro.

Os dias seguintes voaram. Meghan passava a maior parte do tempo seguindo Harriet, ajudando nos trabalhos domésticos e na cozinha. Se tornaram amigas fácil e Meghan passou a admirar sua futura sogra. Harriet era uma camponesa independente acostumada a fazer coisas difíceis, mas também era generosa com seus elogios e sorrisos.

Meghan estava gostando de sua proximidade, mas via um brilho no rosto de sua amiga de vez em quando. Especialmente quando o pai de Lachie, Daniel era citado em uma conversa, o que não era frequente. Meghan sabia como a perda inesperada de um ente querido podia ser dolorosa, e perder um marido amado deve ter sido doloroso. Meghan tentou mostrar sua empatia, mas Harriet preferia evitar o assunto. Parecia que a morte de Daniel ainda era crua e dolorosa de discutir.

Além de coletar ovos e alimentar as galinhas todos os dias, Meghan também se encarregava de alimentar os porcos e o gado mantidos no curral doméstico. Ela ficou muito feliz em observar a vaca mãe com seu bezerro e os três bezerros órfãos que ela havia adotado.

— Geralmente acabamos com alguns bezerros sem mãe a cada temporada — Lachie explicou. Meghan mal podia esperar pela primavera, quando ela mesma poderia criar um bezerro com a mão. Ela sonhava acordada em usar a fórmula em uma mamadeira e alimentar os pequenos órfãos com as mãos e se tornar uma amiga para toda a vida.

Ela criava gatinhos e cachorrinhos da mesma maneira.

Até mesmo um canguru joey resgatado ocasionalmente era trazido para cuidados temporários na clínica.

Ela trabalhava incansavelmente no grande canteiro de vegetais, plantando tomates, alfaces e ervas. — Há mais alguma coisa que possamos cultivar? — ela perguntou a Harriet, que balançou a cabeça.

— Só podemos cultivar durante o inverno. Em outubro, está quente demais e tudo morre. É uma pena porque frutas e vegetais custam uma fortuna e já estão velhos e maduros demais quando os compramos. É por isso que comemos tanta comida enlatada e congelada. — Meghan prestou uma atenção especial às refeições preparadas.

Muitas proteínas e carboidratos. Batatas, arroz ou massa acompanhavam todas as refeições, incluindo o café da manhã, que era um espetacular banquete com bacon, salsichas, ovos mexidos, cogumelos, feijão cozido e batatas fritas. Isso poderia manter os homens trabalhando até o jantar, se necessário. Às vezes levavam sanduíches com eles, se estivessem trabalhando fora, mas às vezes se esqueciam de almoçar e voltavam para casa, com o estômago roncando, bem depois de escurecer.

Ela regularmente se pegava vagando para o pátio dos cavalos em seu tempo livre. Era o domínio de Darcy. Ele possuía e cuidava dos cavalos. Às vezes, ela o encontrava lá e ele a deixava ajudar a alimentá-los e escová-los.

A conversa deles era sempre leve e amigável.

Molly gostava especialmente das visitas de Meghan. Ela costumava levar maçãs ou outras guloseimas para os cavalos. Molly mastigava e babava suco, os olhos fechados em êxtase equino.

Shadow ganhava carinho em volta das orelhas, Meghan sabia que ela amava isso.

Naquela tarde, encontrou Darcy praticando suas habilidades de *campdrafting* com Jasper. O cavalo concentrando-se tão fortemente quanto seu cavaleiro enquanto ele girava bruscamente em torno dos barris, levantando poeira em seu rastro.

Com seu Akubra marrom protegendo os olhos do sol baixo, Darcy cavalgou até a grade onde ficou observando com Joey obedientemente ao seu lado.

— Como é o *campdrafting*? — Ela acariciou o focinho de Jasper.

— Bem, o cavaleiro e seu cavalo afastam um animal de uma multidão. Depois, direciona o animal em torno de um oito e, em seguida, através de um conjunto de portões. Ele recebe pontos com base na técnica e no tempo. — Sua voz estava cheia de paixão contagiante. Ela percebeu que às vezes, em momentos de descuido, ele deixava seus verdadeiros sentimentos transparecerem.

Assentindo com compreensão, Meghan tentou imaginar. — Com que frequência você compete?

— Eu só participo localmente, em Julia Creek e Richmond. Às vezes, Hughenden. Eu costumava fazer todo o circuito antes de papai morrer, agora não tenho tempo e é muito caro.

— Você sempre ganha?

—Às vezes. Depende de quem mais está competindo. — Ele ergueu o chapéu e enxugou o suor da testa com a manga da camisa de trabalho.

— Haverá alguma competição chegando em breve?

— A competição de Julia Creek é neste fim de semana. Lachie não te contou?

— Não, não disse. Oh, isso é o que Harriet e Maddie estavam falando. — Ela se lembrou da conversa.

— É um grande evento social por aqui.

Meghan mordeu o interior da bochecha. Quando se tratava de socializar, sua ansiedade aumentava. Tinha o hábito de guardar para si mesma. Jodie era a extrovertida. Ser amiga dela significava que Meghan poderia se esconder nas sombras e esperar até que sua confiança fosse conquistada.

— Ok, eu vou. — Ela sorriu. — Se você me contar como você conseguiu sua cicatriz. — Ela se lembrou da linha irregular em seu peito, e seu estômago se contraiu quando as visões dele seminu voltaram de sua memória.

O sorriso desapareceu e seus olhos nublaram. Ela viu a vulnerabilidade que mantinha tão bem escondida. — Apenas um risco ocupacional quando você trabalha com gado. Papai quebrou o joelho depois de ser atropelado por um touro.

Ela podia avaliar sua expressão. A honestidade fazia parte dele tanto quanto seu Akubra bem gasto. Ele não queria preocupá-la com seu histórico médico. Sem dúvida, essa não era a única cicatriz em seu corpo. Lachie tinha bastante. Chamadas de feridas de guerra.

Jasper balançou a cabeça, chamando a atenção. Darcy se inclinou e murmurou em seu ouvido enquanto acariciava seu pescoço.

Uma inquietação desconhecida puxou dentro dela. Darcy compartilhava uma relação especial com seu cavalo. Confiava a Jasper sua vida. Meghan não confiava em ninguém dessa forma.

Ela amava Jodie e Lachie. Mas não compartilhava tudo com eles. Poucas pessoas podiam ser confiáveis dessa forma.

CAPÍTULO 6

O *Julia Creek Campdraft* era um evento anual que atraía multidões de perto e de longe. Quando chegaram, o Parque McIntyre já estava lotado de espectadores entusiasmados vestidos com suas melhores camisas estilo western, botas e chapéus de aba larga.

Meghan reajustou seu Akubra enquanto observava Lachie e Darcy montarem um pátio improvisado para o cavalo de Darcy, Jasper.

Harriet segurou a mão de Meghan. — Venha, vou te exibir e apresentá-la a algumas pessoas. — Meghan a seguiu agradecida. Ela odiava se sentir desnecessária enquanto as pessoas tinham trabalho a fazer.

As mulheres passaram por acampamentos improvisados, onde famílias e amigos se amontoavam em cobertores de piquenique ou na carroceria de caminhões que estavam estacionados ali desde antes do amanhecer. Meghan olhou com admiração para os rancheiros, criadores de gado, tocadores, auxiliares dos ranchos e seus parceiros.

Eles haviam tirado um tempo de suas vidas ocupadas, oprimidas pela seca sem fim, para vir, possivelmente, de centenas de quilômetros até este evento.

Ela puxou o Akubra para baixo, sentindo-se uma fraude em seus jeans, blusa roxa e botas sujas. Tinha evitado propositadamente qualquer tipo de fivela de cinto brilhante e sorriu quando viu duas garotas loiras altas passando por ela. Suas fivelas chamativas apareciam nos jeans apertados demais.

Harriet parava com mais frequência para conversar com as pessoas conforme se aproximavam das arquibancadas circundantes. Depois de cinquenta e cinco anos no distrito, tanto na Brigadier Station, quanto antes disso, na propriedade de seu pai, ela conhecia todos os moradores locais e frequentadores de eventos. Todos saudavam Harriet McGuire com respeito e admiração. Por sua vez, ela orgulhosamente apresentou suas amigas à sua futura nora.

— Parabéns. Lachlan está finalmente se acomodando! — Disse uma mulher. — Ele e minha filha, Eve, saíram por alguns meses. Eu me perguntei se ficariam juntos, mas agora ela é casada, tem duas crianças e mora no Norte.

Darcy estava certo sobre seu irmão. Lachie tinha saído com a maioria das garotas dos ranchos locais. Nada sério e sem ressentimentos, mas parecia que ele tinha uma reputação de conquistador.

— Lachie é o único destruidor de corações na família? E quanto a Noah e Darcy? — Ela perguntou a Harriet enquanto caminhavam.

— Noah está com Jade desde que deixou a escola e a maior parte do tempo estiveram na Nova Zelândia. Darcy teve algumas namoradas, mas nenhuma durou. Espero que ele conheça alguém um dia.

— Ele é bonito o suficiente. Achei que as garotas estariam fazendo fila.

— Não mais. Agora é melhor irmos para a arena. A rodada de Darcy começará em breve.

Harriet e Meghan encontraram lugares junto à cerca de madeira para que pudessem ter a melhor visão. Lachie se juntou a elas, e observaram como um pastor a cavalo separava um animal de um pequeno rebanho, um de cada vez, então ele tinha quarenta segundos para manobrá-lo em torno de um oito e fazê-lo passar pelo portão.

— Eles são pontuados pelo melhor controle do animal, habilidade de montaria, velocidade e poder completar o percurso a tempo — Harriet apontou os obstáculos. — Têm que mostrar a velocidade e agilidade do cavalo. Darcy passa horas com Jasper treinando-o especificamente para campdrafting.

— É perigoso? — Meghan encostou a cabeça na mão.

— Não se você sabe o que está fazendo. — Lachie se mexeu ao lado dela.

— O próximo competidor é Darcy McGuire, da Brigadier Station — O locutor anunciou pelo alto-falante crepitante.

Em transe com sua graça fácil e movimentos fluídos, Meghan observou Darcy montar em seu cavalo e entrar no ringue. Atentamente, ele perseguiu o grupo, observando qual vaca lhe daria a menor resistência. Com um animal escolhido, moveu-se como uma extensão em seu cavalo guiando Jasper para mostrar sua habilidade. Depois de passar pelo primeiro portão, Darcy não perdeu o controle da vaca e habilmente a dirigiu ao longo do curso. Meghan se juntou à torcida enquanto passava pelo portão final em tempo quase recorde.

Graciosamente, ele tirou o chapéu em apreciação, seus olhos fixos nos de Meghan. A respiração dela ficou presa na garganta paralisada por sua atenção. Ele sorriu com orgulho antes de conduzir seu cavalo.

— Ele passará para o segundo turno, com certeza.

O hálito quente de Lachie estava em seu ouvido, puxando-a de seu devaneio. — Essa vaca nunca ia fugir.

— Estou surpresa que você não esteja ali — ela o cutucou provocativamente.

— Não sou um grande fã de cavalos, para ser honesto. Eu prefiro o poder aos cavalos.

— Noah costumava fazer campcrafting com Darcy — Harriet comentou.

— Eram tão competitivos. Ele gosta de seus rodeios agora. Aparentemente, é muito bom com cavalos selvagens.

— Deve sentir falta dele. Você o vê com frequência? — Meghan se perguntou sobre o evasivo terceiro filho.

— Infelizmente, não. Ele voltou brevemente quando Daniel morreu, mas não novamente desde então. Sempre pretendo planejar uma viagem, mas nem tenho passaporte.

— Talvez ele venha para o casamento — Meghan sugeriu esperançosa. Harriet encolheu os ombros.

Novamente, Lachie se inclinou para que sua mãe não o ouvisse. — Não tenha muitas esperanças. Noah e eu não nos damos muito bem. Briga de criança que ele não superou. Além disso, ele gosta de suas ovelhas em Otago agora.

Meghan ergueu as sobrancelhas e estava prestes a pedir mais informações quando, com o canto do olho, viu Darcy se aproximando.

Com a garrafa de água na mão, ele caminhou decididamente em direção a eles.

— Parabéns, querido. — Harriet o abraçou. — Foi uma ótima exibição.

— Obrigado, mãe. — Devolveu o breve abraço.

— Com licença, tenho negócios da CWA para tratar. — Harriet piscou e foi embora.

— Muito bom, companheiro. — Lachie deu um tapinha no ombro de Darcy brevemente. — Agora, preciso falar com um homem sobre um caminhão. — Ele ergueu a mão em um aceno e saiu correndo.

Meghan suspirou enquanto Lachie desaparecia na multidão.

Ele estava começando a criar o hábito de deixá-la sozinha.

Darcy colocou a mão em seu braço. — Ele está falando sério. Precisamos de um novo caminhão, e isso o aborreceria até a morte.

Ela sorriu e voltou seu foco para Darcy, consciente do calor que irradiava em sua pele onde ele a havia tocado. — Sua condução foi incrível. Muito bom.

— Obrigado. Eu quase perdi o controle em um ponto, mas Jasper puxou de volta.

— Bem, se isso ajuda, eu não percebi. Você foi incrível. — O rosto dela ficou quente enquanto tropeçava nas palavras. — Você faz com que pareça realmente fácil.

— Obrigado — ele sorriu de volta, seus olhos enrugando nas bordas. — Quer um hambúrguer?

Em resposta, seu estômago roncou alto. Fazia horas que não comiam.

— Sim, por favor.

Darcy abriu o caminho para os churrascos que estavam enviando para o ar um delicioso aroma de bifes, salsichas e cebolas.

— Dois hambúrgueres e coca-colas — Darcy pediu e pagou antes que ela pudesse pegar a carteira. — Os melhores hambúrgueres de Queensland — disse ele, enfiando a mão nos bolsos e encostando-se à mesa.

Meghan mexeu na bainha da camisa, de repente nervosa na presença dele. — Há quanto tempo você faz campdrafting?

— Eu tinha oito anos quando comecei a competir. — Os hambúrgueres e as bebidas foram entregues, e eles encontraram uma mesa vazia nas proximidades para comer.

— Oito é um pouco jovem, não é?

— Eu já estava treinando há um tempo. Vou parar quando não gostar mais.

Ele mordeu o hambúrguer, o molho de churrasco escorrendo pelos dedos.

Conscientemente, Meghan enxugou o rosto entre as mordidas com um guardanapo. — Então, é um grande esporte?

— Depois das corridas, é o maior esporte hípico da Austrália. Está até ficando popular na América.

— O que você ganha se vencer?

— Os prêmios são muito bons, especialmente nas competições maiores, no Sul. Mas é um esporte caro. Custo das taxas de inscrição, transporte de cavalo, contas do veterinário, aderência e equipamento, todos somados. Sem falar no tempo que tenho que passar treinando e longe do rancho.

Essa era a paixão de Darcy, ela podia ver em seus olhos.

Ele pertencia às costas do cavalo, trabalhando com esses animais.

Isso é o que o deixava feliz.

Era raro que tudo corresse bem na arena. Nunca se sabia em que atitude ou temperamento os animais estavam, e não tinha muito tempo para escolher qual deles seguir. Darcy observou seus colegas competidores marcando bovinos mal-humorados que pareciam conhecer todos os truques. Uma e outra vez, o juiz estalou o chicote neles, indicando que foram desclassificados.

A sorte estava ao lado dele hoje. Darcy fez sua segunda exibição com outra pontuação alta. Ele não estava na liderança, mas tudo poderia acontecer. Teria que esperar para saber se chegaria à rodada final à noite.

Nesse ínterim, fazia companhia a Meghan.

Ela parecia feliz em ficar ao seu lado e assistir a ação das arquibancadas. Ela fez muitas perguntas inteligentes e isso não deveria tê-lo surpreendido. Era enfermeira veterinária, então sabia bastante sobre os animais e seus instintos.

— Os cavalos de campdrafting precisam ter instintos naturais.

— Eles têm que querer fazer isso. A criação é importante, mas também exige muito trabalho árduo. Venho treinando Jasper desde que ele era um potro. Eu o domei e o treinei quase todos os dias desde então — disse ele.

— Não é à toa que você não tem namorada. Está apaixonado pelo seu cavalo. — O sorriso atrevido dela o tirou de seus pensamentos sérios.

— Jasper é muito leal e dedicado a mim. O que mais um cara poderia querer? — Brincou de volta.

Meghan acenou para as pessoas ao seu redor. — Sério, por que você não namora? Ainda há muitas meninas solteiras aqui.

Darcy olhou para as mulheres familiares ao seu redor.

Lachie namorou a maioria delas em algum momento ou outro. Portanto, mesmo que estivesse procurando uma mulher, não tinha certeza se queria ser comparado a seu irmão mais velho.

— Nah — ele voltou seu olhar inexpressivo à área central. — Todas as boas já foram levadas.

Ela o cutucou com o ombro. — Cuidado. Você vai se transformar na versão masculina de uma louca por gatos.

— Prefiro cachorros — retrucou com um sorriso brincalhão.

A atmosfera estava elétrica, a expectativa alta, enquanto os últimos cavaleiros competiam. Todos eram bons e era difícil para Meghan entender por que alguns obtiveram pontos mais altos do que outros. Ela podia ser preconceituosa, mas Darcy era o melhor cavaleiro que ela tinha visto o dia todo, e Jasper era o cavalo mais incrível que já tinha visto em ação.

O par encostou-se ao metal frio das cercas de retenção esperando que os resultados fossem computados. A expectativa a inundou enquanto Darcy permanecia casualmente composto ao lado dela. Ocasionalmente, as pessoas se aproximavam para parabenizá-lo por suas duas primeiras apresentações.

Educadamente, ele agradeceria e apresentava Meghan a seus vários amigos e vizinhos.

Finalmente, os resultados foram anunciados e os ombros de Darcy cederam de alívio quando seu nome foi chamado.

— Isso! — Ela gritou, e pulou para cima e para baixo. — Eu sabia que conseguiria.

Um sorriso lento apareceu no canto de sua boca e seus olhos se enrugaram nos cantos, fazendo com que sua frequência cardíaca acelerasse. — Que bom que você tinha certeza. Eu não acho que tinha tanta esperança.

— Sério? Era tão óbvio. Não ficarei surpresa se você ganhar hoje.

Sua empolgação era palpável quando eles voltaram para o curral de Jasper e o prepararam para a rodada final. Meghan acariciou seu pescoço e parabenizou o cavalo por suas apresentações anteriores. — Mais uma volta, Jasper. Você conseguiu. — Ela passou os dedos pela crina preta dele, que era curta, com cerca de cinco centímetros de comprimento, e espetou contra seus dedos. Os cheiros de poeira e ração de cavalo permaneceram.

Depois de selar Jasper, voltaram para a baia de espera. Não demorou muito para que fosse a vez de Darcy. Meghan ficou na ponta dos pés e beijou sua bochecha. — Boa sorte.

Darcy respondeu com um sorriso quando borboletas vibraram em seu estômago.

Ele se alçou facilmente na sela. Virando-se para ela, piscou. — Não se esqueça de sua câmera.

Ela a ergueu, mostrando que estava preparada. Talvez Harriet emoldurasse uma foto se tirasse uma boa o suficiente. Pode colocar na parede da sala de estar. Ela se sentiria uma verdadeira integrante da família, então.

Meghan voltou para as arquibancadas e encontrou um local com uma boa visão de Darcy. Através das lentes de sua câmera, ela tirou um fluxo contínuo de fotos.

Darcy selecionou uma vaca teimosa desta vez, e demorou mais para fazê-la passar pelo primeiro portão. Na pista de obstáculos, ele e Jasper controlaram o animal habilmente, e a multidão gritou quando terminou com outra pontuação alta.

Enquanto Darcy acenava para a multidão, Lachie se aproximou dela.

— Como ele foi?

Ela sentiu o forte odor de cerveja em seu hálito e suas palavras eram arrastadas. — Você não assistiu?

— Estava ocupado conversando com alguns amigos. — Ele colocou os braços em volta da cintura de Meghan e mordiscou seu pescoço.

— Vamos dar uns amassos?

Meghan se desvencilhou de seu aperto. — Não. Você está bêbado. Além disso, quero ver se Darcy vai ganhar.

— Azar o seu. — Disse ele encolhendo os ombros.

Meghan o observou cambalear para longe. O que havia acontecido com ele? Em Townsville, sempre foi atencioso com ela e raramente saía do seu lado. Aqui, em um ambiente completamente novo para ela, quase não lhe dava atenção. Deixou a cargo de sua mãe e irmão a missão de entretê-la.

Aquele era o seu reduto, entretanto, amigos de infância e conhecidos que raramente via. Claro, ele gostaria de passar um tempo com eles e ficar por dentro das novidades. Além disso, ela estava em boas mãos com Darcy.

Certamente estava se divertindo mais do que se estivesse seguindo Lachie como um cachorrinho doente de amor. Ela tinha muito o que conversar com Darcy e eles haviam feito uma amizade agradável. Iria passar o resto de sua vida com Lachie, ela o deixaria ter uma noite fora com seus amigos. Não queria ser uma daquelas esposas que esperava que seu marido estivesse ao seu lado todas as noites.

O anúncio finalmente estalou pelo alto-falante. Colocações de novatos primeiro, seguido pela rodada feminina. Então, aquela que ela estava esperando.

— O segundo lugar vai para Darcy McGuire. — Anunciou a voz rouca.

Meghan bateu palmas ruidosamente, desapontada por Darcy não ter vencido, mas sabendo que ele havia se esforçado e enfrentado uma competição acirrada. Quando foi receber o prêmio, ela tirou algumas fotos. Ele acenou para a multidão e sorriu com orgulho em sua direção. Ela abaixou a câmera e acenou de volta, os olhos fixos nos dele.

Darcy ficou satisfeito com seu desempenho, mas aliviado quando acabou. Percebeu que estava mais nervoso do que o normal, sabendo que Meghan estava na plateia. No entanto, o apoio dela o deixou mais determinado a fazer o seu melhor, e Jasper seguiu seu exemplo perfeitamente.

De sua posição privilegiada no palco, viu seu irmão cambalear bêbado no meio da multidão e falar com Meghan. Esperava que Lachie se comportasse com ela aqui, mas em vez disso ele fez o que normalmente fazia nessas oportunidades sociais e usou a chance de ficar bêbado e agir de forma rude.

Darcy se sentiu mal por ela. Tudo isso lhe era novo e queria que aproveitasse este evento. Sempre foi o destaque do ano para ele. A atmosfera, as pessoas, a música. Ele queria estar com ela, mesmo que seu irmão não o fizesse.

Ela correu no meio da multidão e quando o alcançou, foi recompensado com seu corpo esguio pressionado contra o dele em um abraço. — Muito bem.

Ele passou os braços ao redor dela e respirou seu perfume. Poeira, cavalos e Meghan. Uma combinação que achou surpreendentemente atraente. Lachie não merecia aquela linda mulher.

Finalmente, se afastando, ela o olhou: — O que você fará com o seu prêmio?

— Vou comprar minha própria propriedade algum dia. — Uma propriedade onde seria o chefe e poderia fazer o que quisesse. — Você viu a mamãe?

Meghan examinou a multidão. — Estava sentada com seus amigos. Ela ficará emocionada por você.

Juntos, eles escovaram e alimentaram Jasper e o acomodaram para passar a noite no pátio temporário ao lado de seu acampamento improvisado. Darcy abriu caminho para a multidão barulhenta que se formou perto da cantina. Harriet acenou para eles de sua cadeira, rodeada por sua irmã Beverly e outras amigas.

— Muito bem, Darcy, bom trabalho. — Ela o abraçou. — Estou tão orgulhosa de você.

— Obrigado, mãe. — Sorriu de volta. Ela era sua maior fã e sabia que ela estaria assistindo atentamente.

Ela se virou para Meghan. — Eu vi você na arquibancada se divertindo, então deixei você assim.

— Tirei muitas fotos. Espero que tenha algumas boas de Darcy.

Darcy avistou duas cadeiras dobráveis, puxou uma e ofereceu a Meghan antes de colocar a outra ao lado dela. Harriet ofereceu a ambos uma bebida gelada de um refrigerador ao seu lado, cheio de bebidas e lanches. As senhoras mais velhas estavam fofocando, e Meghan não pôde acompanhar, então Darcy, que foi submetido a ser a caixa de ressonância de sua mãe, sussurrou a fofoca para que apenas Meghan pudesse ouvir.

— Caroline voltou a morar com os pais... — disse Harriet.

— Porque o marido dela voltou para casa e a encontrou na cama com um tropeiro. — Darcy sussurrou. — Agora o marido está morando com a professora.

— É melhor do que TV durante o dia. — Meghan riu.

— Muitas fofoqueiras aqui. Não podem ficar sem se meter na vida dos outros.

A banda começou a tocar e Darcy viu alguns amigos que conhecia. Apresentou Megan aos homens, que consistiam principalmente de filhos de criadores de gado. Durante o jantar buffet, foram contadas histórias de outros campdraftings e incidentes ocorridos. Os caras adoravam compartilhar os momentos embaraçosos de Darcy no torneio.

— Em uma de suas primeiras competições, ele pegou um bezerro teimoso, e seu cavalo ainda estava muito verde. Enfim, acabou jogando-o da sela e caiu com força sobre o braço.

— Inferno, quebrei meu braço. — O forte sotaque country de Darcy parecia mais pronunciado. — O diabo estava naquele bezerro, eu juro.

Após a refeição e alguns drinks, a multidão ficou mais animada e começou a dançar. Meghan foi puxada para cima quando Darcy pegou outra rodada. Observou-a dançar animadamente com Lee Kernigan. Ela o olhava de vez em quando e fazia uma careta. A garota tímida foi despojada e substituída por uma mulher bonita e confiante.

Finalmente, Darcy e os outros caras se juntaram a eles, e todos dançaram cantando músicas de Brooks, Dunn e Alan Jackson aos gritos.

O chão se esvaziou quando uma balada popular começou. Com o coração na garganta, Darcy ofereceu-lhe a mão para uma dança lenta. Sem hesitar, ela deu um passo para seus braços, colocando uma mão em seu ombro, a outra encaixando em sua palma grande. Seus rostos estavam a meros centímetros de distância enquanto balançavam para frente e para trás. Enquanto a música tocava, seus corpos se aproximaram e ela descansou a cabeça em seu peito.

Ele respirou seu perfume floral. Droga, fazia muito tempo que não abraçava uma mulher. E que mulher ela era, com seu corpo pequeno e curvas suaves. Seus dedos começaram a acariciar preguiçosamente a parte inferior de suas costas. Ela apertou levemente a mão dele, que respondeu esfregando o polegar no dela. Quando a música chegou ao fim, eles se separaram.

— Quer uma mudança de cenário? — Darcy perguntou, enfiando as mãos nos bolsos.

Ela acenou com a cabeça em resposta, os lábios apertados como se não confiasse em si mesma para falar.

Darcy se sentiu inesperadamente frio depois de ter o corpo quente de Meghan contra si. Pareceu tão natural e fácil. Seus corpos se encaixavam perfeitamente, como se tivessem sido criados um para o outro.

Ele a observou, o rosto voltado para a noite olhando para as estrelas brilhantes. Ela também sentiu?

Estava sendo tolo. Ela não estava disponível, e ele não estava procurando uma mulher. Gostava da vida dele. Só precisava pensar em si mesmo e em seus animais. Conseguir sua própria posição era seu objetivo. Uma mulher apenas complicaria as coisas, e gostava de sua vida descomplicada. Tinha só que manter distância de todas as mulheres. Principalmente Meghan.

— Darcy, posso te perguntar uma coisa? — Sua doce voz cortou seu coração.

— Claro. — Sua voz tremia, com medo do que ela queria saber. Ele não seria capaz de mentir, mesmo se quisesse.

— O que aconteceu com você? Quer dizer, qual foi o desgosto que te deixou com medo das mulheres... e do amor? — Ela o olhou com as sobrancelhas levantadas e um olhar inocente cruzou seu rosto.

Ele segurou seu olhar contemplativo, não querendo falar sobre Lisa, nunca. Mas seus olhos questionadores tornaram impossível resistir a qualquer coisa que ela quisesse.

Ele respirou fundo, uma coisa que sabia fazer era controlar seus sentimentos. Tinha aprendido há muito tempo.

— Fomos para o colégio interno em Charters Towers para o ensino médio. Foi onde conheci Lisa. Saímos por cerca de três anos, eu pensei que ela era única. Conversamos sobre nos casar e trabalhar juntos em um rancho em algum lugar. — Ele olhou fixamente para a escuridão. — Então, ela voltou depois das férias, pouco antes dos nossos exames e desistiu. Disse que conheceu outra pessoa e que eles estavam noivos.

Um suspiro escapou dos lábios de Meghan, e ele se virou para a olhar.

— Eu sinto muito. — Sua voz era pouco mais que um sussurro, mas acalmou a dor profunda que ameaçava estourar.

— O cara era filho único de um fazendeiro em Winton.

Eles possuíam um rancho enorme, e ele iria herdar tudo. Lisa não teria que lutar com ele.

Ele deu-lhe um leve sorriso.

— Ela acabou se casando com ele?

— Eu não sei. Terminamos nossos exames e pronto. Aprendi minha lição e nunca mais olhei para trás.

Ela se virou para ele. — E você não namorou desde então?

— Eu evitei qualquer coisa séria. — Ele olhou para seu lindo rosto. — Não quero uma vida complicada.

Ela assentiu em compreensão. — Mas às vezes as coisas têm que ficar um pouco complicadas para conseguir o que você realmente quer.

CAPÍTULO 7

MEGHAN ABRIU OS olhos na primeira luz da manhã. Darcy dormia pacificamente no saco de dormir ao lado dela. Aproveitou a oportunidade para estudar seu rosto bonito.

Seu rosto bronzeado estava salpicado com uma linha de sardas no nariz. Seus cílios eram longos e escuros. Seus lábios carnudos estavam ligeiramente separados. Ele cheirava a suor e cavalo.

Sua respiração ficou superficial e ele se mexeu. Ela rolou e virou a cabeça para as coisas vazias de Lachie. Ela se sentou e olhou em volta, mas não conseguiu vê-lo no meio dos outros campistas. Ele estava dormindo quando ela e Darcy voltaram na noite anterior.

— Dia. — A voz de Darcy estava rouca de sono.

— Dia — Ela ajeitou o cabelo. Provavelmente parecia assustador. — Estava pensando em onde está Lachie?

— Provavelmente pegando comida ou vomitando no banheiro — Darcy arqueou a sobrancelha. — Quer que eu olhe?

— Você se importaria?

— Não se preocupe. — Ele pegou uma muda de roupa e sua escova de dente e se dirigiu ao banheiro.

Meghan vestiu shorts pretos e uma camiseta roxa. Ela escovou os dentes e prendeu o cabelo em um coque sob o chapéu. A solução perfeita para os cabelos amassados pelo saco de dormir.

Quando voltou, Lachie e Darcy estavam no meio de uma discussão acalorada.

— Você deveria ter estado lá. — A voz de Darcy era baixa e fraca, mas ele apontou um dedo acusador para o peito de Lachie.

Quando Meghan se aproximou, Lachie caminhou timidamente até ela. —Sinto muito, querida. Eu não vejo esses caras há anos.

O comportamento de Lachie não a incomodava tanto quanto deveria. No passado, ela tinha sido uma namorada pegajosa e sempre precisava da garantia de que não terminariam com ela e a abandonariam. Mas Darcy ficou com ela a noite toda e, pensando bem, mal notou a ausência de Lachie.

Ele ergueu o queixo dela para que pudesse olhar em seus olhos. Viu o pedido de desculpas em seus olhos vermelhos.

Ela encolheu os ombros. — Darcy e eu tivemos uma ótima noite. Você perdeu toda a diversão.

— Sim, eu sei. — Ele admitiu. — Eu vi alguns dos caras esta manhã. Disseram que você fez novos amigos.

Ele se inclinou para beijá-la, mas ela se afastou, engasgando-se com seu hálito de cerveja curtida. — Você precisa escovar os dentes antes de tentar me beijar novamente.

Ele sorriu e deu um tapa na bunda dela suavemente.

Com o canto do olho, ela viu Darcy se afastando.

Meghan sorriu ao se aproximarem da placa, agora familiar, sinalizando a entrada de Brigadier Station. Ela estava de volta ao ambiente familiar. Casa.

Harriet imediatamente se ocupou desfazendo as malas e com a lavanderia. Lachie se retirou para o escritório para colocar o trabalho em dia e Darcy estava ocupado cuidando de Jasper. Depois de desfazer a mala e arrumar o quarto de Lachie, Meghan decidiu começar o almoço. Em seu caminho pelo corredor, Lachie a chamou.

— Acabei de desligar o telefone com a propriedade que faz divisa conosco pelo sul. Eles estão muito preocupados que nosso rebanho possa ter vermes. Eu preciso descer lá e resolver isso.

Ela contornou a mesa dele e ficou atrás dele.

Seus dedos alisaram os nós tensos em seu pescoço e ombros. Ele precisava de um banho, ainda cheirava a suor e fumaça.

— Quando você tem que ir?

— Agora. — Suspirando, ele recostou-se nas mãos dela.

— Você quer que eu vá?

— Não. Você ficaria entediada e eu estarei ocupado.

Ela assentiu, secretamente satisfeita por não ter que sair de novo ainda. Ele pegou a mão dela e a puxou para seu colo, beijando-a brevemente. — Provavelmente estarei fora por uma semana ou mais. Eu sei que você só tem mais alguns dias antes de voltar ao trabalho.

— Você não poderá me levar para casa, então. — Ela ficou presa no interior, sem o noivo. Para piorar as coisas, ela deveria começar a trabalhar novamente em alguns dias.

— Eu sinto muito. — Ele a abraçou brevemente. — Pergunte a Darcy quando o vir. Ele poderá levar você de volta para Townsville.

Meghan seguiu um caminho de terra até uma ravina rasa cercada por grandes eucaliptos brancos e coolabahs. Cacatuas e galahs gorjeavam acima dela enquanto seguia o fluxo suave. Joey trotou de um caminho à frente e abanou o rabo em um alô.

— O que você está fazendo aqui? — Meghan parou para dar um tapinha na cabeça do cachorro. A figura alta de Darcy apareceu do mato e ele acenou com a cabeça enquanto se aproximava dela. — Procurando por algo?

— Só passeando. — Meghan gesticulou em direção ao arbusto. — É tão bonito.

— Fica uma droga quando há uma inundação. Estou verificando se há bloqueios no leito.

— Se importa se eu me juntar a você?

Ele negou com a cabeça, e eles caminharam lado a lado na sombra fresca das árvores, falando sobre suas infâncias.

— Nós, rapazes, corríamos atrás uns dos outros aqui depois das aulas. — Ele disse. — Papai nos encontrava horas depois, quando já estava quase escuro. Como não tínhamos terminado nossas tarefas, ele ficava muito zangado e ameaçava bater em nós se não voltássemos para casa e as fizéssemos antes do jantar.

— Como era seu pai?

Darcy lançou um olhar penetrante para ela. — Prefiro não falar sobre ele.

Havia uma história ali, mas ela não conseguia descobrir.

Por que eles não falavam sobre Daniel?

Darcy encontrou um canal aparecendo e começou a trabalhar, certificando-se de que estava limpo e de que a água estava fluindo.

Meghan tirou as botas e entrou na água rasa e fria. Observou um canguru desajeitado pular levemente entre algumas árvores próximas. Um pequeno joey o seguia de perto. Papagaios coloridos cantavam uns para os outros nos galhos dos eucaliptos coolabah. Ela ergueu o rosto e fechou os olhos, respirando o ar fresco profundamente em seus pulmões até encher sua alma. A solidão que sempre carregou consigo foi substituída por um sentimento absoluto de pertencer a este lugar bonito e selvagem.

Uma kookaburra vibrou e ela olhou para cima para encontrá-la.

— Lá. — Darcy apontou a árvore onde o pássaro marrom e branco estava pousado. Meghan espirrou cuidadosamente na água, mais perto de Darcy para que pudesse ter uma visão melhor. Ela seguiu para onde ele apontou e viu o pássaro com o bico grande. Darcy fechou as mãos em volta da boca e imitou o som. Em resposta, o kookaburra chamou de volta.

— Costumávamos fazer isso o tempo todo quando crianças —Darcy sorriu. — Você está pronta para ir?

— Sim, vou só pegar minhas botas. — Meghan caminhou de volta para a borda e sentou-se em uma pedra. Depois de calçar as meias, deslizou o pé na bota apenas para sentir os dedos dos pés pressionarem contra alguma coisa antes de uma forte ardência começar em seu dedo médio.

— Ai! — Gritou ela, tirando a bota e agarrando o pé.

Darcy estava ao lado dela em um instante, tirando sua meia e gentilmente segurando seu pé inchado entre suas mãos grandes e calosas.

Com o canto do olho, Meghan viu uma grande aranha fugindo. A listra vermelha profunda em seu torso a fez estremecer.

— Redback. — Ela apontou para Darcy, que virou a cabeça para inspecionar.

— OK. Você ficará bem. Vou chamar uma ambulância, e eles vão trazer o soro.

— Isso dói muito. — Sua voz era um sussurro áspero.

Lágrimas arderam em seus olhos quando uma onda de dor rolou sobre ela.

Darcy a ergueu em seus braços e a embalou suavemente como uma frágil boneca. A cabeça dela se aconchegou em seu pescoço quente, seu pulso batendo contra seus lábios. Ela se concentrou naquele sentimento até que a dor era apenas uma pulsação distante.

Uma onda de proteção encheu Darcy. Segurando Meghan, ele correu para os aposentos dos funcionários e o kit de primeiros socorros mais próximo. Seus gemidos suaves e hálito quente contra seu pescoço eram quase demais para suportar. Seu shampoo floral o rodeava e ela era macia, mole e vulnerável em seus braços.

Gentilmente, ele a colocou em uma cama onde ela instintivamente se enrolou como uma bola de lado. Ele ligou para os paramédicos locais que prometeram levar o soro imediatamente. Quanto antes ela tomasse a injeção, mais cedo a dor cessaria. Na cozinha, ele procurou analgésicos e uma garrafa de água.

Quando voltou, ela ainda estava na mesma posição fetal. Seus olhos se apertaram com força, as mãos cerradas contra a testa.

— Sente-se, Meghan. Tome um analgésico. Eu prometo que vai ajudar.

Ela virou o rosto atordoado para ele, os olhos úmidos. Ele a ajudou a se levantar.

Depois de engolir os comprimidos, ela se aninhou contra ele.

A cabeça dela descansou contra o peito dele enquanto Darcy colocava o braço em volta do seu ombro.

— A dor vai embora logo. — Ele acariciou levemente o braço dela. Preferia suportar a dor de dez mordidas de Redback ele mesmo do que vê-la suportar esta.

Meghan emergiu de seu sono induzido pela dor para se encontrar no forte abraço de Darcy. Ela saboreou a sensação de segurança que isso oferecia e ficou tentada a fechar os olhos e dormir um pouco mais para não ter que deixar seu casulo seguro.

Darcy afastou o cabelo solto de seu rosto com sua mão grande e quente, e instintivamente ela moveu o rosto em sua palma.

— Há quanto estou dormindo? — Ela se afastou dele e se espreguiçou. Ela se lembrava vagamente da visita do paramédico e da injeção que lhe deram. A dor da mordida era tão intensa que ela tentou bloquear tudo.

— Cerca de duas horas. Como está a dor? — Perguntou ele saindo da cama e endireitando a camisa.

— Quase desapareceu. — Meghan se levantou e cautelosamente colocou o peso em seu pé inchado. — Ainda um pouco sensível.

— Eu vou te levar até a casa. Mamãe está fazendo sopa para você. — Ele a ergueu como se não pesasse nada.

Darcy ficou quieto na curta caminhada até a casa.

Harriet estava na porta quando eles chegaram, abrindo-a para ele passar.

— Como se sente, querida? — ela perguntou, a preocupação estampada em seu rosto.

— Melhorando. Desculpe pelo drama.

Darcy a carregou para a sala e a deitou no sofá grande.

Harriet o seguiu de perto. — Liguei para Lachie. Ele disse que ligaria para você hoje à noite para ver como você está.

— Obrigada. — Meghan aceitou o cobertor que Darcy colocou sobre ela.

— Vou pegar um copo d'água para você. — Harriet saiu correndo.

— Você vai ficar bem aqui? — Darcy verificou sua testa em busca de febre com a mão.

Meghan assentiu e observou enquanto ele se virava para sair.

— Darcy! — Voltou-se para ela com expectativa.

— Obrigada. — Sorriu para ele. Ela se lembrou dele estando ao lado dela o tempo todo. Sentiu sua presença e seu toque.

Ele sorriu de volta para ela. Nenhuma palavra foi necessária. Havia prometido cuidar dela e fiel à sua palavra, ele o fez.

Os paramédicos sugeriram que Meghan visitasse o centro médico no dia seguinte para um check-up. Como Darcy já tinha coisas para fazer na cidade, ele se ofereceu para levá-la.

Meghan percebeu que o utilitário de Darcy era uma modelo mais velho do que o do seu irmão, mas era mais limpo e bem cuidado.

Enquanto os assentos de Lachie estavam rasgados e o leve fedor de fumaça de cigarro se agarrava ao estofamento, os de Darcy tinha novas capas e um ambientador com aroma de pinho pendurado no espelho retrovisor.

Meghan se preparou para a longa viagem até a cidade, enquanto Darcy aumentava o volume da estação de rádio local.

Cantores de música country cantavam sobre desgosto e perda.

Ela deve ter adormecido, acordando quando pararam em um estacionamento. O antigo prédio que abrigava a clínica médica estava silencioso, então ela foi atendida rapidamente pela enfermeira local.

— Sem reação alérgica. O inchaço pode demorar alguns dias para diminuir. Tome analgésicos a cada quatro horas e fique atenta a infecções — explicou ela, voltando-se para Darcy. — É uma sorte você saber o que fazer.

— Viu. Eu disse a Harriet que não precisávamos vir. — Meghan desceu os degraus. Doeu quando ela colocou muita pressão no pé.

— Talvez devêssemos arranjar muletas. — Darcy segurou seu peso ao passar um braço em suas costas e ajudá-la a entrar no carro.

— De jeito nenhum. Eu vou ficar bem.

Eles dobraram a esquina até a loja de ferragens.

Darcy deixou o motor ligado. — Fique aqui, não vou demorar.

Ele entrou na loja, a entrada exibia um carrinho de mão e várias ferramentas e anúncios. No chão, havia uma caixa de papelão grande e gasta, com a palavra GRÁTIS escrita na frente. Enquanto ela se perguntava o que havia dentro, um focinho preto saiu de um buraco.

Franzindo a testa, ela saiu do carro e mancou até a caixa. Ajoelhou-se e abriu a caixa para encontrar um cachorrinho preto e branco olhando para ela.

— Puxa, olá. — Ela pegou o cachorrinho e o inspecionou em busca de piolhos e vermes. Fora recentemente desmamado e parecia limpo e saudável. Sua coloração e feições pareciam ser uma cruza de border collie. Provavelmente destinado a ser um cão de trabalho. Ela aninhou e brincou com o filhote até Darcy voltar. Suas mãos estavam cheias de peças de máquinas.

— O que você tem aí?

— Ele estava nesta caixa.

Darcy colocou suas compras na bandeja do ute, então se aproximou e fez uma carícia no cachorro. — Frank. Tem um cachorro em uma caixa aqui. — Ele gritou para a loja.

O careca dono da loja, Frank, saiu e assentiu.

— É o menorzinho de uma ninhada da Kalbarri Station. Eu disse que poderiam deixá-lo aqui e tentar a sorte se livrando dele.

O alarme gotejou nas veias de Meghan. — O que acontece se ninguém o quiser?

Darcy se agachou ao lado dela e deu um tapinha no cachorrinho. — É um cão trabalhador. Precisa de muito treinamento e espaço para correr. Muito trabalho e caro demais.

Ela o aninhou mais perto. — Posso levá-lo para Townsville. Talvez alguém o adote lá.

— Ele parece muito feliz com você — disse Frank. — Por que você não fica com ele?

O pensamento não lhe tinha ocorrido antes, mas assim que ele disse isso, ela soube que queria ficar com o cachorrinho.

— Você acha que Lachie se importaria?

Darcy encolheu os ombros. — Eu duvido. Temos espaço, mas não sei se Lachie sabe muito sobre treinamento de cães. Mas eu posso te ajudar se precisar.

Ela beijou o pelo crespo do cachorro. — Vamos, amiguinho. Você pode vir morar conosco.

Subiram a estrada um pouco até o centro de informações turísticas, onde Darcy encheu uma tigela de alumínio que Frank havia dado a eles com água. Meghan observou o cachorrinho disparar ao redor do bebedouro e leu preguiçosamente a inscrição ao redor.

Agora o estoque começou a morrer, pois o Senhor enviou uma seca;

Mas estamos cansados das orações e da Providência

Vamos passar sem elas;

Com as torres de perfuração acima de nós e a terra sólida abaixo,

Esperamos junto à alavanca o sinal para soltá-la.

Penetrando, mais fundo,

Oh, vamos cavar mais fundo.

- Canção da Água Artesiana. Por Banjo Patterson.

De repente, o cachorrinho voltou para ela e obedientemente sentou-se a seus pés como se ela o tivesse chamado.

— Ei, carinha. Você gosta desse poema? — Ele fechou os olhos alegremente enquanto ela acariciava suas costas. — Você gosta de Banjo Patterson? — Como se em resposta, o cachorro começou a bater com o rabo.

— Banjo. Esse é o seu nome?

Darcy colocou a tigela de água ao lado dela, e o cachorro a sorveu com sede.

— Ele escolheu seu próprio nome. — Meghan sorriu com orgulho. — Darcy, conheça Banjo.

Darcy se agachou. — Prazer, Banjo.

Banjo lambeu seu rosto. Um beijo molhado e babado.

Meghan começou a rir quando Darcy empurrou suavemente o filhote para longe e enxugou seu rosto com a barra da camisa, revelando sua barriga lisa e macia.

— Sim, definitivamente precisa de algum treinamento — ele riu.

Meghan apertou o cinto de segurança, seu coração batendo forte quando o motor Cessna ronronou ganhando vida sob o controle de Darcy. — Tem certeza de que pode voar para Townsville? — Ela falou no bocal do fone de ouvido.

— Confie em mim. — A voz de Darcy veio através de seu fone de ouvido.

Ela olhou para vê-lo olhando em sua direção. Seus olhos enrugaram maliciosamente como se soubesse algo que ela não sabia.

— Você já esteve em um avião como este antes?

— Não tão pequeno. — Ela olhou para trás, para os quatro assentos atrás dela. Banjo estava dentro de uma gaiola de cachorro no chão. Estava cochilando feliz, aparentemente alheio aos nervos de sua dona.

Meghan já havia se apaixonado por Banjo e ficar longe dele tão jovem não era uma opção para ela. Em Townsville, faria um exame de saúde e colocaria um microchip nele. Ela também poderia começar algum treinamento básico antes de voltarem para o rancho para sempre.

Meghan tirou fotos aéreas da Brigadier Station enquanto voavam baixo sobre ela, circulando para que ela pudesse ver todos os ângulos.

Darcy apontou os locais, e ela observou a paisagem plana e de pastagem proibida passar por baixo deles. Ele tinha talentos escondidos em cada manga. Justamente quando pensou que o havia entendido, a surpreendeu novamente.

Ela teve que levantar a voz para ser ouvida acima do barulho dos motores. — Quando você aprendeu a voar?

— Eu fui licenciado pelo aeroclube em Julia Creek. Na verdade, eu queria ser piloto da Força Aérea quando era mais jovem. — Darcy respondeu.

— Então, o que te impediu? — Meghan perguntou.

— Papai não permitiria. Ele disse que eu tinha que ficar na terra e ajudar Lachie. — Um músculo em sua mandíbula se contraiu. — Ninguém ousaria desobedecer a Daniel McGuire.

— Verdade? O que quer dizer? — Ela quis saber.

Ele balançou sua cabeça. — Deixa pra lá. — O nome de Daniel raramente era mencionado, e ela se perguntou se havia um segredo de família. O fato de Darcy não querer falar sobre isso confirmou suas suspeitas.

— O que você queria fazer quando era mais jovem? — Ele perguntou.

— Eu queria ser pintora. — ela sorriu melancolicamente. — Tive todas as aulas de arte possíveis na escola. Mas também adoro animais, por isso foi uma decisão difícil.

— Você ainda pinta?

— Há muito tempo que não. — O desejo familiar de pegar um pincel fez seus dedos se contorcerem. Fazia anos que não pintava nada.

— Quer tentar? — A voz dele a puxou de volta.

— O quê? Voar? — Ela se virou para ele com os olhos arregalados.

Ele assentiu. — Sim. Assuma os controles.

— OK. — Ela colocou as mãos no volante à sua frente e sob a direção de Darcy ela as girou levemente. O avião girou também. Ela se endireitou novamente, e ele colocou os braços atrás da cabeça e se recostou.

— Você está voando.

— Eu estou. Isso é tão legal.

Depois de alguns minutos, o celular de Meghan tocou. Darcy retomou os controles enquanto Meghan verificava a mensagem. O serviço móvel não era confiável neste extremo oeste.

— Minha amiga Jodie vai me pegar no aeroporto — disse ela a Darcy enquanto terminava sua mensagem. — Isso me lembra, qual é o seu número de celular?

— Não tenho celular — disse ele.

— Sério? Sem celular? — Meghan ponderou a possibilidade. — Que tal um e-mail?

Ele balançou a cabeça se desculpando. — Não preciso de um.

— Lachie tem um celular.

— Lachie tem que ter um celular para o negócio do rancho. Além disso, ele tem você para ligar.

Em pouco tempo, estavam entrando no espaço aéreo de Townsville.

Darcy se comunicou com a torre do aeroporto e recebeu permissão para pousar. Ele guiou o avião suavemente e taxiou até a baia designada.

— Venha conhecer minha amiga — disse Meghan, enquanto desciam as escadas da aeronave.

— Ok, eu tenho algum tempo.

Eles foram até a loira alta vestida com uma saia curta e um top revelador. Jodie gostava de aproveitar ao máximo seus recursos.

— Era assim que pensei que você seria — Darcy comentou enquanto Meghan a apontava.

— Ela é o tipo de Lachie? — Meghan perguntou rindo do comentário de Darcy. Lachie tinha se encontrado com Jodie algumas vezes e, embora fossem amigáveis, Lachie nunca parecia dar atenção especial à sua aparência.

Jodie deu uma boa olhada em Darcy. — Olá.

— Oi. — Meghan observou enquanto ele se contorcia ligeiramente sob o olhar libertino de sua amiga. Jodie apreciava um corpo masculino bem formado e Darcy certamente se encaixava nessa categoria. Com sua camisa xadrez azul, jeans e botas, ele parecia um homem de verdade, que era bom com as mãos e não tinha medo de se sujar. Lachie emitia uma vibração semelhante, mas ele sabia e fazia funcionar. Darcy desconhecia completamente o seu apelo.

— Então, hum, você é a matrona de honra?

Jodie colocou dramaticamente a mão no peito e fingiu horror. — Dama, não matrona. Céus, não tenho idade suficiente para ser matrona de nada.

Meghan colocou a mão no braço de Darcy. — Não se preocupe com ela. É um pouco dramática.

Ele relaxou sob o olhar dela. — Claro, sinto muito.

Acho que é quase tão ruim quanto perguntar sua idade. — Jodie deu sua risada aguda e sedutora. — Oh, eu gosto de você. Nós vamos nos dar muito bem.

Darcy ergueu as sobrancelhas antes de verificar o relógio.

— É melhor eu ir embora se quiser chegar antes de escurecer.

— Vejo você no casamento. — Jodie sorriu sugestivamente.

— Obrigada novamente. — Meghan deu um passo à frente e o abraçou brevemente.

— Sem problemas. Tchau, Meghan.

As duas garotas o viram se afastar, hipnotizadas pelo balanço de seus quadris.

— O que foi isso de abraço? — Jodie cutucou a amiga de brincadeira. — Você odeia abraços.

— Eu não odeio. Está tudo bem com pessoas que conheço. — Meghan acenou enquanto o Cessna taxiava fora de vista. — Darcy e eu nos damos muito bem e temos muito em comum.

— Sim, mas ele é solteiro?

— Sim, mas ele não gosta muito da cidade.

— Quem se importa? Só preciso de uma hora ou mais. Ele é sensual. Possivelmente ainda mais bonito do que Lachie.

— Você acha? — Meghan comparou mentalmente os dois.

— Com certeza. Então, você gostou do interior? — Jodie perguntou enquanto caminhavam em direção ao carro.

— Eu amei. É tão longe de tudo. Eles só vão a Julia Creek uma vez por mês ou mais e estocam mantimentos. Recebem leite e produtos perecíveis quando acabam. Harriet tem que cozinhar muito.

— Esqueça a comida indiana, então. Você acha que pode viver lá? Realmente?

— Eu gostaria de me mudar para lá, mesmo se não fosse me casar com Lachie. Parece um lar para mim. — A certeza encheu Meghan ao sorrir.

Darcy pousou de volta na pista de pouso assim que o sol estava se pondo. Fechou as portas do hangar atrás de si e observou enquanto os últimos raios laranja desapareciam abaixo do horizonte. Meghan teria adorado aquele pôr do sol. De repente, sentiu-se muito sozinho; como se tivesse perdido sua melhor amiga.

Na verdade, Meghan provavelmente foi a melhor amiga que ele já teve. Em tão pouco tempo, havia compartilhado coisas com ela que nunca havia pensado em contar a ninguém antes.

Ele parou perto dos cavalos para verificar e alimentá-los antes de voltar para a casa. Joey estava lá esperando, e olhou para ele com curiosidade, como se perguntasse onde estava a patroa.

— Você sente falta dela também, não é? — Ele deu um tapinha no cachorro, e Joey lambeu sua mão afetuosamente.

Harriet estava preparando a mesa para dois quando Darcy entrou na cozinha.

— Viagem segura? — Ela perguntou.

— Sim. Eu conheci a dama de honra de Meghan.

— E? — Harriet ergueu as sobrancelhas

— Ela é... — Darcy vasculhou o cérebro procurando o adjetivo apropriado. — Uma verdadeira garota da cidade.

— Oh. — Harriet assentiu em compreensão. Eles tinham visto muitas mulheres saírem da cidade com o sonho de se casar com um rancheiro rico e viver uma vida de lazer no campo, mas ainda poder voar de volta para a cidade sempre que ficassem sem creme para os olhos ou quisessem ir ao teatro. Poucas delas ficaram mais do que alguns meses.

Darcy não tinha nada contra as garotas da cidade, apesar disso. Elas eram o resultado de sua educação, assim como as meninas do campo eram o resultado da sua. Os homens eram iguais. Cada um com a sua, era o seu lema.

Ele lavou as mãos na pia da cozinha. — Vou consertar os aposentos dos estábulos e mudar para lá antes do casamento. — Ele vinha pensando nisso desde que Lachie anunciou o noivado. — Os recém-casados não vão querer que eu restrinja sua privacidade.

— Sim, pensei que poderia começar a procurar um lugar na cidade. — Harriet concordou e então olhou em volta para sua casa. — Vou falar com Meghan sobre isso na próxima vez que ela vier.

Darcy levou seu prato de frango frito para a mesa e sentou-se ao lado de sua mãe. Ele olhou para o lugar vazio que Meghan havia ocupado. — Você acha que eles vão formar um bom casal?

— Acho que ela vai ser uma nora maravilhosa.

Darcy concordou com a cabeça, mas não disse mais nada sobre o assunto.

CAPÍTULO 8

UMA MÚSICA SUAVE tocava na loja de noivas, embalando os clientes em sonhos de casamentos de contos de fadas e alegrias para sempre. Meghan não era imune a seu efeito, especialmente quando a sala cheirava a rosas recém-abertas em um dia de primavera. Não tinha ideia do estilo de vestido de noiva que usaria, apenas que tinha que ser simples e elegante. — Absolutamente sem babados ou tafetá — ela lembrou-se de Jodie, que parecia decidida a escolher os vestidos femininos mais reveladores que pudesse encontrar. — Procure um vestido para mim, não para você.

Jodie moveu-se lentamente para ficar ao lado da amiga. — Umm, Meghan?

— Sim?

— Você não acha que tudo isso está acontecendo um pouco rápido? — A voz dela estava baixa.

Meghan franziu a testa se perguntando o que havia causado essa conversa. — De onde está vindo isso?

— Você me salvou da minha cota de relacionamentos ruins ao longo dos anos, então vamos apenas dizer que é a minha vez de cuidar de você. — Jodie tocou em um vestido de renda branca perto dela. — Quer dizer, eu sei que você sempre sonhou em se casar e ter uma família própria, mas tem certeza de que é Lachie?

Meghan estendeu a mão e puxou sua amiga de infância para um abraço apertado. — Obrigada por cuidar de mim. Mas eu sei o que estou fazendo.

— Eu sei que você gostaria que sua mãe estivesse aqui. Eu também. Ela era como outra mãe para mim. Eu sei que ela gostaria que eu tivesse certeza de que você está fazendo a coisa certa. — Quando as duas mulheres finalmente se separaram, ambas estavam enxugando as lágrimas. Jodie foi a rocha de Meghan quando sua mãe morreu. Ela ajudou com os preparativos para o funeral e ficou com a amiga por semanas, certificando-se de fazê-la comer e se vestir todos os dias.

— Mamãe está aqui. Em espírito. — Meghan sorriu. — Agora, me ajude a encontrar um vestido.

Elas voltaram às araras. — O que os rapazes vão vestir? Jeans e uma camiseta?

— Não. — Ela passou a mão sobre um vestido rendado na prateleira em que estava procurando. — Vou comprar para os dois um belo terno e uma camisa branca. Sem gravatas, porém, é muito formal.

— Você tem seus tamanhos? Poderíamos fazer isso a seguir.

O rosto de Meghan iluminou-se de repente, e ela puxou um vestido de cetim marfim. Ela caminhou até um espelho e o segurou contra si mesma.

Os olhos de Jodie brilharam quando ela colocou a mão sobre a boca. —Experimente.

Meghan tirou a camiseta e os shorts, em seguida, cuidadosamente colocou o vestido pela cabeça. Sussurrou enquanto escorregava por seu corpo, como se tivesse sido feito para ela. O olhar surpreso no rosto de Jodie disse tudo.

Virando-se para o espelho, Meghan deu sua primeira olhada.

O vestido tinha um decote frouxo e pedras brilhantes nas alças. Agarrava-se a seu corpo como uma segunda pele acentuando suas curvas. Ela prendeu o cabelo no alto da cabeça, expondo as alças de maneira mais brilhante.

— É perfeito. — Jodie colocou o braço em volta do ombro de Meghan em uma demonstração de solidariedade.

— É sim — murmurou Meghan. Seus olhos ardiam enquanto ela se olhava em seu vestido de noiva. Ela desejou que sua mãe estivesse ali. Este era um momento na vida de uma garota em que ela precisava de sua mãe. Pelo menos tinha Jodie, sua irmã substituta.

A vendedora estava observando em silêncio nas sombras. Ela avançou agora e estudou o tamanho. — Está perfeito.

Meghan sorriu antes de se lembrar da conversa anterior. — Tamanhos dos rapazes! Passe-me meu telefone e ligarei para Harriet. Ela vai saber.

— Boa ideia. — Jodie vasculhou a bolsa da amiga antes de encontrar o celular. Entregou-lhe o telefone.

— Vou dar a vocês duas alguns minutos. — A assistente sorriu antes de sair da sala.

Meghan encontrou o número e esperou que tocasse.

— *Brigadier Station.* — *O tom doce da voz familiar de Darcy fez sua respiração acelerar.*

— Darcy, eu não esperava que você atendesse. Onde está Harriet? — Houve uma breve pausa antes de ele responder. — Ela está na cidade para negócios do casamento.

— Oh, pensei que algo poderia estar errado. O que você está fazendo em casa tão cedo?

— *Almoço cedo. O trator quebrou e estou prestes a consertá-lo.*

— Certo. Claro. — Outro talento escondido; Darcy parecia capaz de consertar e fazer tudo.

— *Como você está? — Ele perguntou.*

Fazia quase uma semana desde que Darcy a levara de avião para Townsville. Ele tinha estado muito em sua mente, e estava secretamente satisfeita por ter a chance de falar com ele agora.

— Estou bem, obrigada. Na verdade, Jodie e eu estamos comprando vestido de noiva. — Ela deu uma risadinha. — Estou usando o vestido perfeito agora.

— *Tem babados?* — *Ela podia ouvir seu sorriso caloroso em sua voz.*

— Não. É cetim, na verdade. — Piscou para Jodie que estava sentada no sofá olhando para ela.

Outra longa pausa. — *Tenho certeza de que é lindo. Lachie vai adorar.* — Ele de repente soou muito formal, e se perguntou se havia dito algo errado.

— Então, vou comprar um terno para o casamento. Qual o seu tamanho?

— *Eu tenho um terno.*

— Você tem? — Meghan perguntou surpresa.

— *Eu não uso muito, mas está aqui.*

— Não é um terno velho estranho que pertenceu ao seu avô, não é?

Darcy deu uma risadinha. —*Não, é um terno preto liso com uma camisa branca. Eu até tenho uma gravata azul.*

— Legal. A gravata realçará a cor dos seus olhos. — Meghan teve uma visão dele no altar. Esperando.

Por ela?

Ela balançou a cabeça. — Serve?

— *Sim, serve. Eu juro.*

— OK. Eu acredito em você. Disse que nunca mente. — O calor se instalou em seu estômago.

— *Está certo. Quando você vai voltar? Shadow está quase pronta para ter seu potro.*

— Está? Talvez eu pudesse ir até aí neste fim de semana. — Meghan só tinha mais alguns turnos de trabalho antes de terminar. Ela poderia ir até lá no sábado de manhã, passar a noite e voltar no domingo.

— *Posso te buscar na sexta. Lachie deve estar em casa, então.* — Lachie ainda estava ausente com a confusão que aconteceu. Eles falaram apenas algumas vezes, brevemente, pois a ligação era sempre ruim. No entanto, providenciou um lindo buquê de flores para ser entregue em sua casa um dia depois que ela voltou. Seu coração acelerou com o gesto.

Ele conseguia ser tão doce e romântico quando fazia um esforço.

— Eu não quero incomodá-lo.

— *Nenhum inconveniente* — sua voz agora soa intimamente próxima.

— Posso pilotar o avião de novo?

— *Quer aulas agora?* — brincou ele — *Claro, você pode voar um pouco.*

— Excelente. Ligue para meu celular antes de sair para que eu possa ir ao aeroporto e encontrá-lo.

— *Não se preocupe. Até mais, Meghan.*

— Tchau, Darcy. — Encerrou a ligação. Jodie estava olhando para ela.

— É bom conhecer um cara com um avião! Pena que Lachie não estará lá, ou você poderia entrar para o clube dos milionários!

— Jodie! — Meghan jogou o telefone ao lado dela no sofá e se voltou para o espelho. Ela se observou e pensou em Darcy e sua gravata azul. Visões dele em pé ao lado dela, segurando sua mão cruzaram sua mente.

Então, de repente, outra figura imaginária estava parada ao lado dela segurando sua outra mão.

Este era Lachie.

Seu noivo. Aquele com quem ela deveria se casar.

Prestes a decolar. ETA 2 horas. Darcy

Uma mensagem de texto de Darcy. Meghan tentou engolir as borboletas em sua garganta. Ele tinha conseguido um celular desde o último encontro.

Bem-vindo ao século 21. Vejo você em breve.

Ela deixou o carro no estacionamento do aeroporto de Townsville e esperou o Cessna aparecer no céu. Avistou a faixa vermelha e observou Darcy pousar e taxiar até uma baia vazia. Sentado na cabine, ele parecia muito profissional em seus óculos de aviador e fones de ouvido. Sorriu ao vê-la, e ela acenou de volta.

Banjo puxou a guia com entusiasmo. Sua cauda balançando violentamente.

— Olá! — Ela abraçou Darcy quando ele desceu as escadas. — Como foi o voo?

— Tranquilo. Está aqui há muito tempo? — Ele empurrou os óculos de sol no cabelo. O azul profundo de seus olhos a hipnotizou novamente. Tinha esquecido como a cor deles era intensa.

— Sim, mas gostamos de observar os aviões, então chegamos cedo. — Ela gesticulou para Banjo que estava pulando, ansioso por atenção. Darcy não o decepcionou. Agachando-se, ele recebeu um beijo desleixado do filhote.

— Ainda falta algum treino pela frente. — Ele ergueu uma sobrancelha para Meghan, que sufocou uma risada.

— Só um pouco. — Darcy apontou para sua bagagem. Uma mala grande e três caixas de papelão. — Quanto tempo você vai ficar?

— Você não ouviu falar? Estou me mudando. — Meghan brincou. — Achei melhor deixar algumas coisas lá. Tudo bem?

— Tudo ótimo. Entre. — Darcy se afastou e carregou a bagagem enquanto ela e Banjo subiam a bordo.

Fiel à sua palavra, Darcy teve tempo para apontar o que os botões e interruptores faziam e como o avião funcionava. Fez até com que ela fizesse algumas verificações e ligasse o motor.

Ela ficou pasma com o quão complicado tudo era e seu respeito por Darcy e seus muitos talentos aumentou.

Uma vez no ar, ela observou Townsville desaparecer abaixo dela.

— Como está sua mãe? — Meghan perguntou quando ele deu o sinal de aprovação para conversar.

— Está bem. Me ajudando enquanto Lachie está fora. Também temos um dos amigos de Lachie para nos ajudar nas próximas semanas, enquanto vacinamos o rebanho.

— Ele vai ficar em algum lugar no rancho?

— Nos aposentos dos estábulos. Há quatro quartos, um banheiro e uma cozinha, então pode ficar em um — Darcy explicou olhando para ela. — Estou reformando um para mim.

— Mas você mora na casa principal. — Meghan franziu a testa.

— Você não vai me querer morando lá quando você e Lachie se casarem. Além disso, você precisará do quarto quando tiver filhos. — Ela achou que podia ouvir um indício de algo em sua voz.

— As crianças estão muito longe. — Meghan fez uma pausa ao perceber que este era um assunto que ela e Lachie ainda não haviam discutido. Eles precisariam de um herdeiro para o rancho em algum momento. Depois de conhecer Jamie, ela sabia que queria filhos um dia.

— Você quer filhos? — Ela perguntou a Darcy.

— Claro. Mas sobrinhas e sobrinhos são o suficiente por um tempo — ele sorriu de volta.

Meghan pensou em todas as coisas que ela e Lachie haviam se esquecido de falar. O que aconteceria com Harriet? Onde as crianças estudariam? Ele ainda viajaria o tempo todo?

— Então, você tem um telefone. — Meghan mudou de assunto.

— Um telefone via satélite, como o de Lachie. Fazia sentido ter dois.

— Em seguida, você configurará uma conta no Facebook. Ou namoro online. — Ela riu trêmula. Uma imagem dele procurando por uma mulher em sites de namoro online fez seu estômago revirar.

— Acho que não — ele balançou a cabeça lentamente. Não, Darcy nunca faria isso. Esse não era o seu jeito. — Eu serei o tio solteiro e divertido para seus filhos. Estou feliz sozinho.

Seu coração afundou por ele. Ela sabia o que era ficar sozinha e não desejaria isso para ninguém. Pelo menos ele teria sua mãe, Lachie e ela como companhia.

— Certamente se a garota certa aparecesse... — ela começou, mas parou quando seu estômago se revirou novamente.

Darcy lançou a ela um olhar perplexo.

— Jodie fez um comentário sobre Lachie estar aqui para que pudéssemos entrar para o clube dos milionários. — Meghan deixou escapar, depois mordeu a língua. — Desculpe, muita informação.

— Ah, sim. Obrigado, mas não preciso imaginar meu irmão fazendo isso no meu avião. — Ambos riram e conversaram sobre o sistema de irrigação da estação e o próximo evento de preparação de acampamento em que Darcy estava entrando.

O sol estava se pondo quando eles se aproximaram da pista de pouso da Brigadier Station. Meghan olhou pela janela e viu o utilitário de Lachie. Ela franziu a testa; não esperava vê-lo até que eles voltassem para a casa.

Darcy pousou o avião e taxiou até o hangar.

Joey latiu quando viu seu dono e Meghan descendo as escadas. Lachie esperou pacientemente ao lado do cachorro, um sorriso de boas-vindas no rosto.

Banjo correu animadamente para brincar com Joey, e Meghan deu um passo para o abraço de espera de Lachie. — O que você está fazendo aqui?

— Senti sua falta — sussurrou ele em seu cabelo.

Meghan se afastou, ciente de que Darcy estava de pé ao lado dela.

— Tudo bem? — Lachie acenou para o avião, mas Meghan sentiu que ele se referia a mais do que apenas o voo.

— Sim. Está tudo bem aqui. Vou levar Banjo para casa. — Darcy assentiu. — Vejo vocês lá.

— Perfeito. — Lachie pegou a bolsa de Meghan e a levou para seu utilitário.

Meghan se virou para ver Darcy se abaixar e dar tapinhas nos cachorros.

Lachie os levou por uma curta distância no escuro. Ela não sabia dizer onde estavam, não estava familiarizada com apenas uma lasca de luar. Ele parou abruptamente ao lado de uma grande árvore de goma.

— Por que paramos?

— Você vai ver. — Ele sorriu e saiu do carro.

Meghan o seguiu e observou enquanto ele estendia uma toalha de piquenique sob a árvore e colocava uma lanterna a bateria em um canto.

— Sente-se. — Lachie acenou e desligou os faróis. Quando ele voltou, se sentou ao lado dela e estendeu as mãos fechadas. — Escolha uma.

— Esta. — Ela bateu em sua mão direita. Ele abriu, mas não havia nada lá.

— Escolha a outra — ele riu.

Ela tocou aquela mão e, quando ele a abriu, ela se engasgou ao ver um anel de ouro branco. Ela o pegou e o estudou ao lado da luz. O diamante redondo era simples e clássico.

— É adorável.

— Aqui. — Lachie pegou o anel e o deslizou na mão esquerda. Era grande demais, mas ele não pareceu notar.

Meghan pegou seu rosto nas mãos e o beijou docemente. — Obrigada.

— De nada — ele sorriu de volta.

Distraidamente, ela esfregou o anel com o dedo. Lachie se aproximou e Meghan descansou mais confortavelmente em seu peito sólido. Ele tinha usado loção pós-barba. Era a mesma fragrância que usava na cidade. Isso a lembrou dos momentos felizes que haviam passado ali, apenas os dois. Ele era diferente, então. Ou talvez ela fosse diferente na época.

Algo estava diferente.

Ele afastou o cabelo de seu pescoço e beijou sua nuca. Normalmente, seu toque e beijos a enviavam em um frenesi de desejo, mas desta vez, parecia forçado.

— Nós devemos ir. Harriet está nos esperando — sussurrou ela noite adentro, esperando que ele discutisse e continuasse a beijá-la.

Lachie a surpreendeu com sua concordância rápida. — Sim, estou cansado. Foi uma longa semana. — Ele bocejou como se quisesse provar seu ponto de vista.

Sem outra palavra, pegaram a toalha e a lanterna e voltaram para casa.

Darcy esperava ver o rosto de Meghan corado e seu cabelo bagunçado quando ela voltasse. Afastou o pensamento de sua mente. Tinha que ficar se lembrando de que eles estavam noivos e podiam fazer o que quisessem. Ele abriu a porta e ficou surpreso ao ouvir suas vozes. Já estavam de volta.

Harriet os viu se aproximando — Olhe, Darcy. Lachie acabou de lhe entregar. — Harriet apontou para a mão longa e esguia de Meghan.

Darcy olhou por cima e franziu a testa. — Legal. — Um anel. Agora é oficial.

Ele chamou a atenção de sua mãe com um olhar questionador.

Ela apenas sorriu e balançou a cabeça conscientemente. Darcy foi até a geladeira e tirou uma cerveja. Tomou um longo gole antes de retornar para sua família.

— Acho que os bezerros podem chegar mais cedo este ano — ele disse a Lachie enquanto se sentava à mesa de jantar.

— As vacas que estão soltas, também — respondeu ele. — Vai ser um momento agitado. — Harriet e Meghan se sentaram em seus lugares designados, Meghan ao lado de Lachie e Harriet.

— Sirva-se, você deve estar com fome. — Harriet gesticulou para a comida.

Havia frango assado, batata cozida, cenoura e feijão. Meghan esperou enquanto os homens continuavam a conversa e enchiam seus pratos de comida.

Harriet e Meghan trocaram olhares e sorrisos astutos.

— Harriet, não quero que você sinta que não é bem-vinda para ficar aqui depois do casamento — Meghan disse baixinho para a amiga. — Ainda vou precisar de sua ajuda e de sua companhia.

Harriet sorriu de volta. — Muito obrigada, querida. Eu vou ficar o tempo que você quiser. Mas eu não quero pisar nos seus pés, então você me chuta a qualquer momento!

— Apenas certifique-se de que ela lhe ensinou como fazer sua pavlova primeiro — Lachie disse com a boca cheia.

— E seu bolo de frutas — Darcy se juntou. Os meninos gemeram de prazer com a lembrança e esfregaram o estômago.

Meghan riu — E como cuidar das rosas, é claro.

Harriet deu um tapinha afetuoso em sua mão. — Bem-
vinda à casa, Meghan.

CAPÍTULO 9

ERAM QUINZE PARA as três da manhã quando Darcy abriu a porta do quarto de Lachie. Não se sentia confortável fazendo isso, mas Meghan o fez prometer pegá-la, mesmo que isso significasse acordá-la. Ele entrou no aposento na ponta dos pés e viu Meghan deitada de lado; Lachie estava esparramado de barriga para baixo, a cabeça virada para o lado.

Darcy se abaixou, seu rosto perto do de Meghan. Ele podia ouvi-la respirar profundamente e se perguntou brevemente com o que ela estava sonhando. Ele colocou a mão em seu ombro nu. A alça da camiseta dela se soltou durante a noite.

Ela estava quente sob seu toque, apesar da noite fria. Ele a sacudiu suavemente e sussurrou seu nome.

Seus olhos se abriram e ela sorriu sonhadora para ele. — Darcy?

— Shadow está em trabalho de parto. Ela está prestes a ter o potro.

Meghan se sentou rapidamente. — Estarei pronta em um segundo.

Darcy esperava do lado de fora de sua porta com uma lanterna.

Ela se juntou a ele rapidamente em jeans e um suéter. Calçou as botas e o seguiu até o estábulo.

Eles se inclinaram sobre a porta do estábulo, tomando cuidado para não interromper.

Shadow estava circulando a baia, soprando forte. Sua cabeça estava baixa com concentração, sua cauda chicoteando de um lado para o outro.

— Ela está com dor? Algo está errado? — Meghan perguntou, embora seus instintos lhe dissessem que isso era normal.

— Não. Ela está bem. Não vai demorar muito agora.

Eles observaram a égua dar mais algumas voltas antes de desabar no feno macio que Darcy espalhou. Ela se deitou de lado, e Meghan observou com espanto enquanto as contrações ondulavam em sua barriga.

Meghan prendeu a respiração quando o líquido amniótico jorrou e dois cascos, ainda dentro do saco, tornaram-se visíveis.

Meghan tinha visto muitos animais parirem antes. Ela até estudou parto no TAFE, mas nunca o tinha visto ao vivo antes.

A tensão encheu o ar. Shadow estava pressionando com força, mas nada parecia estar acontecendo. Darcy também deve ter percebido, empurrou a porta e entrou com cautela.

Ele sentiu o estômago protuberante da égua. — Ela precisa de ajuda.

O que eu posso fazer? — Meghan perguntou, desejando ter mais treinamento equino.

— Coloque luvas. — Darcy apontou para uma caixa atrás dela. Ela rolou as longas luvas de plástico sobre as mãos e passou dos cotovelos.

Darcy ficou na barriga de Shadow, suas mãos massageando suavemente. — Você pode puxar os cascos. Espere até que ela comece a empurrar.

Meghan assentiu e se ajoelhou ao lado do rabo da égua. À medida que as contrações vinham, ela puxava suavemente o potro. Centímetro por centímetro, ele escorregou ainda mais para fora. Após vários minutos, o resto do potro e o líquido amniótico foram liberados em um grande jorro.

Darcy inspecionou o saco antes de abri-lo e soltar o potro imóvel.

— Vamos sair do caminho. — Ele a conduziu de volta para fora da baia, onde ela tirou as luvas e lavou as mãos. Quando voltou, Shadow estava lambendo seu novo potro marrom.

— É tão fofo. — Eles observaram o potro tentar ficar em pé sobre pernas finas e trêmulas.

Darcy estava ao lado de Meghan, com as mãos na cintura.

Ele ainda usava as roupas de ontem e parecia cansado da longa noite. Mesmo desgrenhado como estava, parecia bonito e orgulhoso ao contemplar a nova adição.

— Bom trabalho — disse ela e deu um tapinha nas suas costas.

Ele olhou para ela, seus olhos brilhantes.

— Obrigado pela ajuda. Suas habilidades de enfermagem veterinária estão sendo úteis.

Ela sorriu, os ombros para trás. Ela ficou emocionada por ter participado do evento. — Você obviamente sabia o que estava fazendo.

— Eu cresci perto de animais. Não há muito que eu não tenha visto.

Ele sorriu. A tensão havia deixado seu corpo agora, e ele parecia relaxado, mas cansado.

— Preciso de uma xícara de chá — disse ele enquanto voltavam para casa. O nascer do sol se aproximava e não adiantava dormir agora com trabalho a fazer.

— Eu vou fazer. Você descanse um pouco — disse Meghan enquanto tiravam as botas na porta da frente.

A casa estava silenciosa, Harriet e Lachie ainda dormindo.

Meghan fez duas xícaras de chá, lembrando que Darcy gostava do seu preto e doce. Ela levou as xícaras para a varanda, onde ele estava afundado em uma cadeira com a cabeça para trás, os pés esticados. Seus olhos estavam fechados.

Meghan colocou as xícaras na mesa ao lado de sua cadeira e ficou sentada observando-o cochilar pacificamente. Quando o sol nasceu, ela observou o céu iluminar-se. Raios laranja espalharam-se pela terra seca e ressecada. Outro dia ensolarado começava no interior de North Queensland.

Meghan foi dominada pela emoção da noite. Era maravilhoso estar viva e aqui no rancho.

Ela queria que a vida continuasse como estava, neste momento. Absolutamente perfeito.

Meghan nunca tinha andado de moto, então Lachie decidiu que era hora de mudar. Depois do café da manhã, levou-a para dar uma volta pelo curral.

Ela podia ver o apelo das motos, afinal custavam menos do que cavalos e o terreno era plano, portanto podiam lidar com perfeitamente. Mas o calor do motor e a fumaça do escapamento simplesmente não a inspiravam da mesma forma que andar a cavalo.

Eles deram a volta e Lachie parou o quadriciclo na frente da casa. Esperou que Meghan desmontasse atrás dele, então balançou a perna e olhou para ela.

— Divertido, hein? — Ele sorriu.

— Hum, sim — Meghan forçou um sorriso. O passeio no quadriciclo foi assustador, pois Lachie acelerou ao longo dos campos e fez as curvas muito rapidamente na tentativa de se exibir. Ela podia ver por que Darcy preferia seu cavalo a essas perigosas motos quadriciclos.

Estava ficando óbvio o quão poucas coisas eles compartilhavam e o quão pouco eles realmente sabiam um do outro. Ela não pôde deixar de compará-lo a Darcy, que conheceu há apenas algumas semanas, mas já sabia mais sobre ele do que de seu próprio noivo. Meghan rapidamente afastou os pensamentos de sua mente e lembrou a si mesma que amava Lachie e isso era o suficiente.

Harriet estava colocando o almoço na mesa quando eles entraram. Bacon recém-assado, torta de ovo e salada.

Os três começaram as refeições e logo Darcy se juntou a eles.

— Como está o potro? — Meghan perguntou. Ela estava ansiosa para visitar o recém-nascido.

— Bem. Ele tem uma mancha branca na cabeça, em forma de diamante. — Darcy lavou as mãos na pia da cozinha.

— É uma potranca ou um potro? — Harriet perguntou.

— Um potro. — Darcy sentou-se em frente a Meghan e se serviu. — Você tem as honras de nomeá-lo.

— Eu? Por quê?

— Por que não? Basta escolher algo bom. Ele será um cavalo de campdrafting. — Meghan pensou no potro recém-nascido que conheceu durante a noite, mas nenhum nome bom lhe veio à mente. — Vou pensar sobre isso. — Darcy assentiu e começou a comer.

— Oh, Dylan ligou do rancho vizinho. Ele queria saber se vocês gostariam de um acampamento no riacho esta noite? — Harriet disse aos homens.

— Sim, parece bom — disse Lachie.

— Parece divertido. — Meghan sorriu.

— Posso montar em Jasper e encontrar vocês lá — disse Darcy.

— Posso montar a Molly então? — Meghan se voltou para Darcy pedindo permissão. Ele assentiu com indiferença.

— Sim, e eu sairei mais tarde com o carro. — Concordou Lachie. — Melhor dormir nele.

— Não se esqueça dos sacos de dormir, então.

— E cerveja. Eu definitivamente não consigo esquecer a cerveja! — Lachie sorriu.

— Então, vamos dormir lá? — Meghan perguntou.

— Sim. É lua cheia. Vai ser bom. — Lachie disse enquanto se levantava da mesa. Ele beijou o topo da cabeça de Meghan.

— Vejo você lá.

— Vou ligar para Maddie e avisá-la — Harriet disse e foi fazer a ligação.

Sozinhos novamente, Darcy se virou para Meghan. — Você está bem com isso?

— Claro, só um pouco preocupada com as cobras — admitiu ela.

— Vamos verificar os sacos antes de você entrar — Darcy sorriu. — Está tudo bem, eu não vou deixar nada te machucar. — O ombro de Meghan relaxou. Ela podia confiar em Darcy para mantê-la segura.

— Vamos cavalgar por volta das quatro. Traga um maiô, o rio ainda está cheio o suficiente para nadar.

Molly galopou ao longo das planícies extensas levantando poeira abaixo de seus cascos. Sob as instruções de Darcy, Jasper manteve um bom ritmo com a égua mais velha, então cavalgaram lado a lado.

Meghan amava as cores deste país. O rico solo marrom sob o infinito céu azul profundo. Ela ansiava por misturar suas tintas e replicar as cores na tela. Aqui, sob o forte sol do Norte de Queensland, era exatamente onde queria estar. Esta era sua casa. Ela pertencia ao campo.

Virando-se, ela observou Darcy cavalgar. Era mais ele mesmo quando estava na sela do que em qualquer outro momento. Ele e Jasper tinham um relacionamento mais profundo do que Darcy com qualquer outra pessoa, como se pudessem ler a mente um do outro. Era tão óbvio agora quanto no ringue de campdrafting.

Com o sol nos olhos, aproximaram-se de um aglomerado de eucaliptos. Seu cheiro forte e penetrante pairava no ar.

Meghan respirou fundo. O odor a lembrou de seus breves dias de infância na fazenda de criação, onde ela se lembrava de escalar enormes eucaliptos e observar os cavalos vagando por pastagens gramadas.

Um riacho largo e profundo emergiu cercado por rochas e pedras cinzentas. A água era esverdeada, mas brilhava sedutoramente à luz do sol.

Darcy puxou seu cavalo até a beira da água e desmontou, deixando Jasper beber do riacho. Meghan seguiu seu exemplo.

Papagaios chamavam uns aos outros do topo dos eucaliptos coolabah. Os pássaros de cores vivas ziguezagueavam entre os galhos, jogando as folhas no chão.

Meghan observou a performance por alguns momentos antes de perceber que Darcy a observava.

— Os outros devem chegar logo. — Sua voz estava rouca.

— Devíamos pegar um pouco de lenha. — Darcy teve o cuidado de não deixar Meghan se perder de vista enquanto coletavam gravetos e galhos mortos. A folhagem em decomposição era exatamente o tipo de habitat em que as cobras se enrolavam e se escondiam. Ela não se queixou do trabalho quando voltou corada pelo esforço, com as roupas cobertas de folhas e detritos. Tinha que admitir que a cada dia Meghan se parecia mais e mais com alguém pertencente àquele lugar. Empurrou esses pensamentos para o lado antes que fossem mais longe. Ele sabia que não deveria estar pensando nela.

Ele olhou para cima ao som de um veículo se aproximando.

O utilitário de Dylan estava subindo na pista. Jogou sua pilha de lenha no local plano onde eles acampariam e foi cumprimentar seus amigos. Meghan o seguiu.

Dylan apertou sua mão e cumprimentou-o com um largo sorriso antes de se virar para Meghan — É um prazer conhecê-la. Parabéns pelo noivado.

— Obrigada — Meghan respondeu, seu rosto ainda vermelho pelo exercício. Maddie estava ao lado dela.

— Você fez pouco alarde sobre isso. — Dylan deu um tapa nas costas de Darcy. — Eu nem sabia que você estava saindo com alguém.

Ele ignorou a própria pulsação. — Isso é porque não sou eu. Meghan é noiva de Lachie. — Uma pausa estranha ocorreu quando Dylan olhou entre Meghan e Darcy.

— Muita coisa acontecendo lá para lembrar quem vai se casar com quem — Maddie exclamou enquanto bagunçava o cabelo curto e escuro de Dylan.

— Desculpe. Onde está o noivo então? — Ele olhou ao redor.

— Ele virá mais tarde de carro — Darcy explicou enquanto as duas mulheres abriam a porta traseira do carro onde o filho de Maddie estava sentado.

Darcy tentou se concentrar na conversa com seu velho amigo, mas estava mais interessado nas interações de Meghan com o bebê.

— Oi, Jamie! — Meghan arrulhou enquanto Maddie levantava o garotinho de sua cadeira. Ele olhou para Meghan e gorgolejou para ela.

— Emma está em casa com mamãe. Ela é muito feminina para um acampamento! — Maddie suspirou. — Você se importaria de segurá-lo enquanto eu pego sua comida? — Meghan assentiu com entusiasmo e pegou o garotinho.

Ela segurou Jamie contra o peito. Ele agarrou mechas soltas de seu cabelo, que se soltaram de seu rabo de cavalo. Observá-la com o bebê mexeu com algo dentro dele, e percebeu o quanto queria uma família para si mesmo. Depois de Lisa, ele decidiu que nunca teria família ou esposa. Mas agora estava começando a reconsiderar a ideia.

— Vamos acender o fogo — sugeriu Dylan. Darcy concordou com a cabeça, precisando de uma distração. Logo as coisas estavam configuradas e prontas.

— Alguém mais quer nadar? — Maddie perguntou ao grupo. Era uma tarde quente, então todos concordaram.

Darcy seguiu seus amigos para a água fria depois de colocar seu calção de banho listrado.

Sua respiração ficou presa quando viu Meghan se aproximar da água em um biquíni floral azul. Sua pele de marfim estava nua e exposta. Ele tentou desviar o olhar, mas não conseguiu.

Cautelosamente, ela entrou na água fria e, quando estava até a cintura, ela mergulhou e nadou sob a superfície. Levantando a cabeça lentamente na frente de Maddie e Jamie, ele riu quando ela jogou água nele.

O coração de Darcy derreteu. Droga, ele estava se apaixonando pela garota de seu irmão.

Meghan e Maddie sentaram-se na areia e brincaram com Jaime enquanto os homens atiçavam o fogo. As mulheres conversavam com facilidade e Meghan se sentiu segura de que tinha outra amiga no campo.

— É tão bom ter outra mulher com quem conversar. — Maddie sorriu amplamente. — Fica tão entediante só com Dylan e as crianças. Nossa govie, Briar é ótima, mas ela ainda é jovem e solteira. Eu não posso reclamar dos homens para ela.

Meghan riu. — Podemos compartilhar histórias e comparar seus maus hábitos.

— Sim! Exatamente. — Maddie juntou as mãos. — Vai ser ótimo ter você como vizinha. Faltam apenas algumas semanas para o casamento.

— Sim, está chegando rápido. — Meghan respirou fundo para se acalmar. Cada vez que pensava no casamento, ela tremia de nervosismo.

— É tão emocionante. O primeiro casamento na Brigadier Station.

Lachie chegou com a cerveja e os brindes como prometido. Depois de conversar brevemente com Dylan, ele trouxe duas cervejas para as mulheres e se sentou ao lado de Meghan.

— Jamie não é lindo? — Ela comentou, esperando que se apaixonasse por ele tanto quanto ela.

— Sim, mas ele tem um tempo antes de ser tão bonito quanto eu. — brincou Lachie.

Meghan sorriu, mas percebeu que ele não prestara muita atenção ao bebê. Talvez não gostasse de crianças, afinal.

Claro, ele amaria a sua.

O cheiro de madeira queimada limpou o cheiro de poeira de seu nariz. O grupo sentou-se ao redor da fogueira cozinhando salsichas enfiadas em gravetos sobre as chamas abertas.

Depois de cozidos, cobriram-nos com molho de tomate e envolveram com o pão. Para Meghan, tinha gosto de interior. Eles regaram o jantar com cervejas geladas do refrigerador enquanto se divertiam com cacatuas gritando voando entre as árvores, enquanto o sol se punha e a noite esfriava.

— Devemos ir andando. — Maddie abraçou seu filho cansado e inquieto. — Vejo você no casamento, se não antes.

Eles se despediram e acenaram enquanto seus amigos iam embora. Sentindo-se tristemente vazia, Meghan foi até os cavalos e abraçou o pescoço quente de Molly, encontrando conforto em seu relincho suave.

Ela voltaria para Townsville amanhã e a próxima vez que viesse seria para o casamento, em duas semanas. Harriet organizou a maioria das coisas. Cadeiras e mesas estavam sendo trazidas. Álcool e bebidas estavam nas geladeiras e Harriet passaria os dias que antecedessem assando e cozinhando. Haviam reservado um celebrante para a cerimônia matinal e o almoço seria em seguida. Permitindo aos viajantes muito tempo para chegar e voltar para casa antes de escurecer. Meghan planejou vir no dia anterior com Jodie, que seria sua única convidada.

Lachie havia sugerido adiar a lua de mel e isso não incomodou Meghan. Ela queria se estabelecer no rancho e em seu novo estilo de vida.

A noite foi passando, e eles logo bocejaram.

Lachie, tonto com algumas cervejas, retirou-se primeiro para seu saco de dormir.

Meghan roeu as unhas enquanto olhava para o dela.

— Verifique para mim? — Ela pediu a Darcy.

Ele abriu e iluminou o interior com uma tocha. — Tudo certo. — Meghan entrou e se aqueceu quase imediatamente. Deitou-se de costas, a brisa fresca flutuando sobre seu rosto enquanto ela olhava para o céu.

Darcy apagou o fogo e colocou seu saco ao lado dela.

Na escuridão, a lua estava brilhante e enorme. O céu estava pontilhado de estrelas por toda parte.

— Você pode ver o Cruzeiro do Sul? — Darcy perguntou.

— Lá em cima. — Meghan apontou para as cinco estrelas que formavam um diamante. — Aquela brilhante aí é Vênus.

— Onde? — Darcy se aproximou de Meghan para que suas cabeças se tocassem. — Aquela brilhante?

— Sim. Veja! — Uma estrela cadente riscou o céu.

— Faça um pedido — sussurrou Darcy.

Meghan fechou os olhos e sorriu ao pensar em um desejo. Quando ela os abriu novamente, pegou Darcy a olhando.

Ele desviou o olhar rapidamente. — Durma um pouco. — Ela olhou de volta para a lua, maravilhada.

— Darcy.

— Sim? — Ele se virou para ela.

— Eu sei como devemos chamar o potro — sussurrou ela. — Moonshine.

Ela podia ouvi-lo exalar. — É um ótimo nome.

A exaustão pressionou os ombros de Darcy, mas o sono o evitou. Ele não podia ignorar as dúvidas crescentes em sua cabeça, que diziam que a vida era mais do que madrugadas, noites solitárias e uma maldita seca sem fim.

Meghan era a mulher perfeita. Era inteligente, compassiva, gentil e amorosa. Seu coração apertou ao pensar nela brincando com Jamie e até mesmo com Banjo.

Era o tipo de mulher com quem ele gostaria de passar a vida. Balançou sua cabeça. Não poderia ter Meghan, ela foi pega antes. Talvez ele pudesse encontrar outra mulher, igual a ela. A quem estava enganando? Ele nunca iria encontrar outra mulher como Meghan. Ela era algo diferente.

Droga. Lachie era um homem de sorte. Ele deveria apreciá-la mais.

Darcy passou a maior parte de sua infância com ciúmes de seu irmão. Ele sempre recebia as coisas novas primeiro. As novas roupas, botas, bicicletas, carros. Noah e Darcy sempre tiveram de esperar pelos itens de segunda mão. Sem mencionar o amor e o afeto de seu pai. Lachie era o herdeiro, então ele tirou o melhor de seu pai. Daniel sempre salvou seu lado bom e paciente para Lachie. Ele sempre ficava exausto quando chegava em casa e os irmãos mais novos suportavam o peso de sua frustração e raiva. Daniel McGuire foi um pai muito diferente para Lachie do que para seus filhos mais novos.

Daniel se foi agora, e com ele, a tensão que sempre pairou sobre a casa também desapareceu.

Lachie havia assumido sua nova função e parecia estar lidando com as responsabilidades. Acrescentando a isso, uma esposa incrível. Lachie estava prestes a ter tudo.

Darcy rolou para o lado, para longe de Meghan. Ele não precisava de mais lembretes sobre o que não teve na vida.

CAPÍTULO 10

ENTRE OS GRITOS assustadores dos maçaricos e o farfalhar de pequenas criaturas no mato, Meghan não dormiu bem. Quando o sol finalmente iluminou o acampamento, ela sentou-se e observou, absorvendo a beleza da luz que passava pelas árvores. Lachie estava roncando alto e Darcy se afastou. Saindo da mureta, Meghan vagou até o riacho e jogou água no rosto.

Ela respirou o ar fresco da manhã, deixando-o profundamente em seus pulmões. Ouvindo um barulho estranho, ela correu de volta para encontrar Lachie agachado sobre um arbusto. O cheiro de vômito fez seu estômago revirar.

— Você está bem? — Meghan se ajoelhou ao lado dele e esfregou suas costas. Obviamente, Lachie bebeu algumas a mais. Ele estava pálido e suando. Seu corpo repelindo as toxinas de sua corrente sanguínea.

Darcy havia enrolado seu saco de dormir e estava começando a fazer o mesmo com o dela. — Vou arrumar as coisas, então talvez você deva levá-lo para casa.

— E quanto a Molly? — Meghan perguntou enquanto olhava para os cavalos mordiscando as ervas daninhas.

— Eu vou levá-la. — Quando o utilitário esteve pronto, Lachie havia parado de vomitar. Meghan o ajudou a entrar e baixou os vidros. Darcy deu a ela instruções de direção para casa e prometeu vê-los em breve. Meghan observou-o pelo espelho enquanto dirigia. Era estranho deixá-lo para trás. Como se estivesse deixando um pouco de sua alma ali perto do riacho.

De volta à casa, Meghan despiu Lachie e o colocou na cama. Ele precisava dormir para se livrar da ressaca, agora que havia parado de vomitar. Puxou os lençóis sob o queixo dele e saiu do quarto na ponta dos pés. Depois de tomar banho e se trocar, saiu pelo corredor. A porta do quarto de Darcy estava aberta. Sabendo que ele ainda não estava em casa, ela cautelosamente entrou e olhou ao redor.

Caixas embaladas se empilhavam contra a parede. A maioria de seus pertences sumiu. Sentou-se em sua cama bem-feita e olhou ao redor do quarto. Ele realmente estava saindo de casa. Este era o quarto dele desde o nascimento e ele estava se mudando para que ela pudesse morar ali. Meghan se sentiu culpada, mas ela se lembrou de que havia dito que ele poderia ficar.

Esta foi sua decisão. Além disso, era um homem adulto, deveria se mudar. Isso seria uma coisa boa para ele. Praticar para quando ele comprasse seu próprio rancho. Então, estaria ainda mais longe de casa. Dela.

Mesmo nos aposentos dos estábulos, ela podia vê-lo diariamente.

Ele verificaria os cavalos pelo menos uma vez por dia, e ela certamente o encontraria nos cercados. Provavelmente viria jantar na maioria das noites.

Um livro em sua mesinha de cabeceira chamou sua atenção, e ela o tocou rapidamente. Lachie nunca lia romances, e se perguntou quando Darcy teria tempo para relaxar com um livro.

Apesar de estar quase vazio, o quarto ainda cheirava a ele. Como se seu cheiro tivesse sido absorvido pela pintura e moldura de madeira. Acariciou o travesseiro que ainda tinha uma reentrância onde antes esteve sua cabeça. Preguiçosamente, perguntou-se com o que ele sonhava à noite. Seu coração pulou uma batida. Alguma vez sonhara com ela?

Lachie se sentiu melhor ao meio-dia e comeu algumas torradas, então se trancou no escritório para trabalhar, como sempre.

Meghan visitou os cavalos e observou Moonshine andar atrás de sua mãe. Jasper e Molly voltaram e pastavam felizes, mas Darcy não estava por ali, mas havia muitos lugares onde poderia estar. Linhas de água e calhas constantemente precisavam de manutenção. As cercas sempre deveriam ser verificadas e reparadas. Sempre havia algo para ele fazer. Havia mencionado voltar a queimar alguns terrenos. Ela esperava que ele não estivesse fazendo isso agora, sozinho. Mas olhando para o horizonte, não viu nenhuma nuvem de fumaça.

Finalmente, o utilitário de Darcy parou às três da tarde, parecendo tão empoeirado e desleixado quanto seu dono. Ele ainda estava com as roupas de ontem, com a barba por fazer crescendo. Meghan estava sentada na varanda dobrando toalhas e o viu subir. Ele simplesmente acenou com a cabeça na direção dela depois de tirar as botas sujas e entrou. Embora sua pulsação acelerasse ao vê-lo, ficou quieta.

Logo após tomar banho e trocar de roupa, ele cheirava um pouquinho melhor do que antes, quando a procurou mais tarde.

— Pronta para ir em breve? — Darcy perguntou.

— Sim. Só preciso pegar minha bolsa e dizer adeus.

— Dez minutos, então. Eu vou te encontrar no carro.

Meghan assentiu, empilhou as toalhas na cesta e carregou-a para dentro.

Ela se despediu de Lachie primeiro, que estava curvado sobre os livros, escrevendo notas conforme lia, este era o lugar onde ele poderia ficar o dia todo. Estava tão absorto no que quer que estivesse fazendo que quando ela chamou seu nome pela primeira vez, ele nem mesmo a ouviu.

— Estou indo, então.

Lachie se levantou e a abraçou. — Tchau, querida. Vejo você em algumas semanas.

— Eu te amo — sussurrou ela mais para si mesma do que para ele.

— Eu também. — Ele beijou o cabelo dela antes de se afastar e voltar ao trabalho.

Ela parou por um momento, mas ele não olhou para cima, então o deixou sozinho.

Harriet a abraçou e beijou e deu a ela uma caixa de biscoitos Anzac.

— Obrigada — disse Meghan, sua melancolia se dissipando brevemente. Estava triste por ir embora. Estava pronta para se estabelecer ali e planejar seu futuro. Era o que queria.

Então, por que ela estava começando a duvidar de si mesma?

A primeira hora e meia do voo de volta para Townsville foi repleta de conversas educadas. Darcy ficou pensativo e quieto enquanto Meghan olhava pela janela.

A imagem de Meghan sorridente e relaxada usando aquele biquíni minúsculo ficaria inexoravelmente gravada em sua memória muito depois de ela ter partido.

Algo havia mudado entre eles na noite anterior. Estando tão perto dela ao luar, teve o desejo mais forte de beijá-la e tinha certeza de que ela sentira o mesmo. Ela o fez se sentir vivo pela primeira vez em anos. Como passou tanto tempo sem se sentir assim?

Agora, em vez da conversa fácil a que estavam acostumados, os nervos corriam em suas veias e os mantinham em silêncio.

Com medo de não ser capaz de parar de dizer ou fazer algo de que se arrependeria, resistiu ao desejo de amaldiçoar sua frustração.

Ele ligou o rádio e eles ouviram os acordes finais de uma música country. Meghan se virou para Darcy com um olhar astuto quando a canção familiar da noite do acampamento começou.

Quando a música finalmente terminou, Meghan se virou para encará-lo.

— Darcy. Eu preciso de sua resposta honesta sobre algo? — A voz dela tremeu. — Você pode me dar algum motivo pelo qual eu não deveria me casar com seu irmão?

O coração de Darcy bateu forte em seu peito. Tantos pensamentos cruzaram sua mente, tantas ideias malucas e vozes gritando em sua cabeça, mas a única que ouviu foi a que o lembrava de sua lealdade a Lachie.

Ele se concentrou no céu à sua frente e balançou a cabeça lentamente. — Não.

Ele viu um lampejo de decepção cruzar seu rosto antes que ela se voltasse para a janela, em silêncio mais uma vez.

O longo voo parecia ter acabado rápido demais. Em pouco tempo, Darcy pousou o avião em Townsville e baixou as escadas para ela.

— Vejo você no casamento — gritou ela por cima do ombro, desceu correndo as escadas e se afastou do avião.

Longe dele.

A realização bateu em seu coração. Ele queria chamá-la de volta e lhe dizer todas as razões pelas quais ele não queria que ela se casasse com Lachie. Queria abraçá-la e beijá-la, mas tudo o que podia fazer era vê-la ir embora. Se a tivesse conhecido primeiro, as coisas teriam sido diferentes, ele teria contado como se sentiu um milhão de vezes e não teria se envergonhado disso.

Mas, em breve Meghan seria sua cunhada. Tinha que aceitar isso. Seria difícil esconder seus sentimentos se a visse todos os dias no rancho. Se ela fosse para lá, teria que se mudar. Tinha esperança de que seus sentimentos desaparecessem com o tempo.

Ele tinha uma quantia decente guardada e decidiu começar a procurar um rancho mais cedo, em vez de esperar. Ele teria que fugir da Brigadier Station e de Meghan.

CAPÍTULO 11

A ORLA AO longo do limite da cidade era um dos lugares favoritos de Meghan; ela costumava correr ao longo dela depois do trabalho, refletindo sobre seu dia e as coisas que aconteceram. Ela também pensava em sua mãe. Ela ficaria orgulhosa de sua filha? O que ela pensaria sobre essas grandes decisões de vida que estava tomando? Estar na cidade era diferente agora, parecia que ela estava vendo com outros olhos. Havia pessoas em toda parte, em seus carros, nos ônibus, correndo, andando de bicicleta. No oceano havia kitesurfistas, praticantes de stand-up paddle e turistas que se aventuravam no oceano quente, apesar dos sinais de alerta recentes de crocodilos. As praias estavam lotadas de crianças brincando na areia. Hoje, Jodie se juntou a ela para uma caminhada rápida, e Meghan estava gostando de sua companhia.

— Você gosta de Darcy? — Jodie perguntou a ela após ouvir sobre seu fim de semana.

— Claro que gosto dele. — Meghan sorriu. — Ele é honesto, leal e divertido. Ele não joga como a maioria dos caras. E se preocupa. Tem muito a oferecer a alguém. — Ela não pôde deixar de sorrir ao pensar com carinho no homem que passou a significar tanto para ela em tão pouco tempo. — Nós temos muito em comum.

— Não, quero dizer gosta. Você falou mais sobre Darcy do que Lachie. Lembra do Lachie? Seu noivo. — Ela brincou, mas seus olhos mostraram uma pitada de preocupação.

— Sim, eu me lembro do Lachie. — Ela parou se perguntando como explicar. — A verdade é que não o vejo muito. Ele está sempre tão ocupado.

— Muito ocupado para você?

— Bem, sim.

— Não me admira que você esteja desejando Darcy, então.

— Eu não estou — esfregando a testa com a mão cansada, ela se virou para olhar o oceano. Ela tinha sonhado com Darcy mais de uma vez, e para ser honesta, ele estava em sua mente com mais frequência do que Lachie.

Caminharam em um silêncio agradável por alguns minutos pensando sobre a situação dela.

— Você ainda ama o Lachie? — Os olhos de Jodie estavam brilhantes de preocupação.

Meghan suspirou. Ela queria aquela vida no rancho: cavalos, gado, galinhas, agrupamento e encharcamento, rodeios e campdrafting... e uma família. — Sim, eu o amo. As coisas estão tensas agora, com o casamento. E a seca. Assim que chover, tudo ficará perfeito.

— Então, você precisa se concentrar em seu noivo.

— Você está certa. Eu disse sim para Lachie. Eu prometi a ele. Eu o amo.

— Então se case com ele e seja feliz. — Jodie esbarrou nela suavemente. — Mas prometa vir me visitar de vez em quando.

— Com certeza. Teremos um fim de semana anual para meninas. Compras e manicure.

— E bebidas. — Jodie sorriu brilhantemente. —Vou sentir falta de você não estar aqui.

Meghan puxou sua amiga para perto e elas se abraçaram. Lágrimas brotaram de seus olhos. A amizade de Jodie significava muito para Meghan, e ela sabia que Jodie sempre estaria lá para apoiá-la. De braços dados, olharam o oceano mais uma vez. A brisa quente dançou ao longo do rosto de Meghan enquanto ela estudava as colinas da Magnetic Island, memorizando suas bordas rochosas. Ela inalou o ar salgado. Era tão diferente da poeira que respiravam na fazenda. — Vou sentir falta do mar e da areia também.

Jodie apertou o braço da amiga. — Sempre estarão aqui, esperando por você. Assim como eu.

Meghan esticou o pescoço rígido de um lado para o outro. Ela mal podia esperar para chegar lá e dar uma volta, os músculos das pernas estavam tensos da longa viagem. Até mesmo seus olhos doíam por se concentrar na estrada.

Ao lado dela, Jodie ainda dormia. Tinha a capacidade de dormir em qualquer lugar, a qualquer hora, o que Meghan invejava. Jodie estava animada e entusiasmada, apesar de começarem às seis da manhã.

Elas cantaram canções do Bon Jovi e conversaram animadamente durante todo o trajeto até o Charters Towers. Depois de um café e uma parada no banheiro, as meninas se sentiram revigoradas. Então, o cenário começou a parecer o mesmo, e a estrada se estendeu sem nenhum marco óbvio, fazendo Jodie adormecer. Isso duraria alguns dias, então Meghan a deixou dormir.

Hoje à noite, iriam de carro até Julia Creek e jantariam no pub local. Era o único pub da cidade e sexta-feira era a noite mais movimentada. Harriet não precisou de muito para convencer um grupo de amigos a encontrá-los lá para um jantar de ensaio. Claro, a maioria dessas pessoas teria que dirigir até a Brigadier Station no dia seguinte para o casamento, mas todos estavam ansiosos para conversar e ver o solteiro mais cobiçado do distrito se casar.

O sol do meio da tarde brilhou fortemente nos piquetes secos e empoeirados enquanto Meghan virava na estrada que levava à casa de Harriet. Sempre seria a casa de Harriet, mas também minha casa, Meghan pensou ao avistar seu telhado verde e as grandes árvores de casca de ferro atrás. Ela abaixou a janela e respirou o ar úmido da primavera. Ainda sem chuva ou nuvens à vista.

Jodie se espreguiçou e perguntou meio grogue se estavam quase lá.

— Bem-vinda à Brigadier Station.

Ela se sentou e olhou em volta. — Eu esperava uma casa enorme, como em 'The Thorn Birds' — Jodie disse desapontada enquanto olhava para a casa modesta.

— A casa é linda e pitoresca. É exatamente o que uma casa de família deveria ser. — Meghan sorriu. Ela amava a casa e a história que continha.

Estacionou seu velho Toyota Corolla na garagem no momento em que Harriet saiu para recebê-las. Ela abraçou Jodie como se fossem velhas amigas.

— Esta é Jodie, minha melhor amiga. — Meghan as apresentou.

— Muito prazer em conhecê-la.

Pegaram seus pertences, que incluíam três sacolas grandes brancas de roupas. Jodie teve que levá-las para dentro porque Meghan era muito baixa e elas teriam se arrastado na terra.

— O vestido de Meghan, o meu e o terno de Lachie — Jodie disse enquanto verificava se estavam todos lá.

— Você pode colocar o seu e o de Meghan no quarto de Lachie. Oh, desculpe, quero dizer o quarto de Meghan e Lachie. — Harriet disse enquanto apontava para o corredor. — Lachie pode levá-lo para o quarto dos estábulos mais tarde. Ele vai dormir e se trocar lá com Darcy antes da cerimônia.

— Darcy se mudou então? — Meghan espiou em seu antigo quarto. Restava apenas a mobília. Todos os sinais do homem que morou lá por vinte e sete anos se foram.

— Sim, ele tirou todas as suas coisas no início desta semana. Ele até olhou um rancho que está à venda. — Harriet explicou.

Ela sabia que isso aconteceria, mas isso não impediu a sensação de perda que se abateu sobre ela. Darcy queria se mudar. Ele era uma parte tão importante da Brigadier que essa não seria a mesma sem ele aqui.

— É aqui que vou dormir, então? — Jodie entrou no aposento.

— Sim, é. A cama tem lençóis limpos e os armários estão vazios para você. — Harriet foi até a janela e a abriu, deixando uma brisa fresca soprar e levar embora o cheiro familiar de Darcy.

Depois de se refrescar, Meghan estava ansiosa para ver os cavalos e dar um passeio. Ela tinha sentido muito a falta disso.

— Você acha que Darcy se importaria se eu montasse Jasper e Jodie montasse Molly? — ela perguntou a Harriet.

— Esses cavalos estão ansiosos por você. — Harriet sorriu. — Eu não acho que ele vá se importar.

Meghan acenou com a cabeça. Ela estava secretamente desejando montar o belo cavalo preto que cavalgava tão bem sob o controle de Darcy.

Meghan selou os cavalos com habilidade e deu a Jodie um capacete duro para usar. Jodie imediatamente lançou um olhar questionador a Meghan. — Sério, você sabe que isso vai destruir totalmente o meu penteado? — Ela argumentou.

— Bem, se você sofrer danos cerebrais se cair, vai arruinar meu casamento, então coloque. — Meghan repreendeu. Jodie suspirou e fez o que Meghan pediu. Meghan colocou seu Akubra.

O que Darcy deu a ela.

— Por que você consegue usar isso? — Jodie perguntou cruzando os braços e erguendo a sobrancelha.

— Porque tenho mais experiência do que você. Além disso, não há mais capacetes.

Usando um banquinho, Jodie montou desajeitadamente em Molly e sentou-se nervosamente na sela.

— Relaxe. Molly é uma boa garota. — Meghan disse enquanto acariciava o pescoço da égua e a beijava afetuosamente.

Então, Meghan saltou rápida e habilmente para a sela de Jasper.

Jasper se virou para olhar Meghan com curiosidade. Ela acariciou seu pescoço em troca. — Está tudo bem garoto. Darcy não vai se importar.

Os cavalos saíram lentamente do estábulo. Molly seguiu Meghan obedientemente e logo Jodie relaxou com os movimentos. Meghan avistou o carro de Lachie perto da linha da cerca, então ela direcionou os cavalos em direção a ele.

Quando ele apareceu, Meghan olhou com admiração por cima de seus ombros largos, os músculos do braço flexionando enquanto ele trabalhava, consertando a cerca. Então, ele ouviu os cavalos se aproximando e olhou para cima.

Uma tempestade de borboletas subiu no estômago de Meghan quando ela reconheceu o perfil de Darcy e o queixo bem arredondado. Ele tinha deixado crescer uma barba castanha escura na ausência dela, fazendo-o parecer maduro e sábio.

Darcy enxugou as mãos sujas na calça jeans e abaixou o chapéu, enquanto se aproximavam

— Oi. — Ele sorriu, mas o sorriso não atingiu seus olhos.

— Oi — disse Jodie, sedutora.

— Achei que fosse o Lachie. Não é este o seu carro? — Meghan apontou.

— Sim. O meu está quebrado e eu não consegui resolver isso ainda. — Darcy explicou. — Lachie está no campo, acho que ele está verificando os escoadouros.

— Dia emocionante amanhã? — Jodie disse quebrando a tensão que se construía entre os dois. — Vai ser bom ver todos vocês vaqueiros de terno.

— Não posso dizer que temos muito uso para ternos aqui. — Ele virou o rosto para o sol, e Meghan notou um hematoma perto de seu olho, que havia sido sombreado pelo chapéu.

— O que aconteceu com você?

— Oh, não é nada. Eu apenas me distraí. — Darcy ignorou sua preocupação. — Estou surpreso que Jasper tenha deixado você montá-lo. — Ele acariciou a longa cabeça de seu cavalo.

— Ele não protestou — Jodie disse, levando Molly para mais perto de Darcy.

— Melhor voltar para a cerca. — Darcy ergueu os olhos para Meghan e seu olhar se manteve por um momento antes que ele desviasse o olhar. — Aproveite seu passeio — gritou ele para Jodie enquanto voltava sua atenção para a cerca.

Jodie virou seu cavalo, e Meghan puxou Jasper ao lado.

Ela não pôde deixar de olhar para trás por cima do ombro, mas Darcy estava trabalhando duro, seu chapéu protegendo seu rosto de sua vista.

— Você está pronta para um galope? — Meghan chutou Jasper gentilmente e eles saíram correndo. Molly o seguiu ansiosamente com Jodie segurando sua preciosa vida.

A rua principal estava deserta, exceto pelos caminhões empoeirados com barras de proteção na frente e cachorros cochilando atrás.

Dentro do pub estava lotado de amigos da família conversando, bebendo e atualizando as fofocas. Uma banda local tocava música country. Jodie se sentia confortável em qualquer multidão e, embora não tivesse muito em comum com os habitantes locais, ainda se tornava a alma da festa. Meghan seguiu Lachie e conheceu seus amigos da escola. Eles eram legais o suficiente, mas tinham a mesma imprudência e travessura que Lachie.

Localizando Maddie e Dylan, ela acenou e se juntou a eles.

Esse era o seu tipo de pessoa. Honestos e confiáveis.

— Como você está? Animada? — Maddie perguntou após um abraço.

— Bem, para ser honesta, estou nervosa — Meghan respondeu. Maddie sorriu. — Acho que acontece com todo mundo. Eu estava uma pilha de nervos antes do meu casamento. Mas então eu vi Dylan enquanto caminhava pelo corredor e todo o nervosismo sumiu. Eu estava me casando com meu melhor amigo e o homem que amava mais do que tudo. Essa era toda a confiança de que precisava.

Elas olharam amorosamente nos olhos uma da outra.

Meghan sorriu e tomou um gole de vinho enquanto seu coração batia forte. Lachie era realmente seu melhor amigo? Ela sentiria o mesmo tipo de alívio?

Pegou seu olhar vagando para Darcy. Ele se sentou em um banquinho não muito longe de Lachie. Estava conversando com Frank, o dono da loja de ferragens. Darcy estava muito bonito esta noite, com uma camisa branca limpa enfiada em sua calça jeans. Ele a pegou olhando, e sua mandíbula apertou antes de se virar.

Logo as pessoas se reuniram, as refeições foram encomendadas e mais bebidas foram consumidas. Lachie nunca ficava sem uma cerveja na mão e ela notou que suas palavras começaram a se arrastar após a sobremesa.

Com uma longa viagem pela frente, as pessoas começaram a sair.

Todos estavam animados com o casamento no dia seguinte e desejaram felicidades.

Harriet e Jodie esperaram no carro enquanto Meghan se despedia de seu noivo. Ele tinha gosto de cerveja e a aura de fumaça a fez tossir.

— Você ficará bem?

— Sim. Darcy vai cuidar de mim. Como sempre. — Eles olharam quando Darcy se aproximou, sóbrio e centrado.

— Vejo vocês dois amanhã, então. — Suas mãos tremiam quando ela se virou e caminhou até o carro. Olhou para trás antes de entrar. Os dois homens ficaram juntos observando o carro cheio de mulheres.

— Amo você — murmurou ela. Enquanto se afastavam, ela percebeu que estava olhando para Darcy quando disse isso.

O ventilador de teto girou em alta velocidade, sugando o ar quente e úmido e empurrando uma brisa um pouco mais fria sobre Meghan. Mal vestida com uma camiseta de algodão rosa e uma cueca samba-canção rosa quadriculada, os lençóis foram empurrados para longe, ela ainda estava suando e desconfortável. Porém, era mais do que apenas calor e umidade. Os eventos da noite continuaram passando na cabeça de Meghan.

Finalmente, desistindo de dormir, ela saiu da cama e caminhou silenciosamente até a cozinha, onde se serviu de um copo de água fria. É só nervosismo, ela disse a si mesma. Assim que ela visse Lachie, tudo ficaria bem.

Precisando de um pouco de ar fresco, empurrou a porta e saiu para o jardim. Tudo parecia tão lindo e o cheiro das rosas era hipnótico. Harriet tinha trabalhado arduamente para tornar tudo perfeito.

Os pelos lisos de um cachorro roçaram sua perna, e ela olhou para baixo para ver Joey a olhando. O cachorro estava com os olhos arregalados e a língua pendurada para o lado.

— E aí, parceiro. Você também não consegue dormir? — Meghan se agachou e a acariciou, encontrando conforto na presença do cachorro. Lágrimas arderam em seus olhos.

— Joey? — O timbre da voz de Darcy interrompeu a noite pacífica. Meghan olhou para encontrá-lo subindo o caminho dos estábulos.

A atenção de Joey se voltou brevemente para seu mestre antes de retornar para Meghan.

Meghan observou a aparência de Darcy enquanto ele se aproximava. Ele estava vestindo apenas seu jeans velho. Sua respiração ficou presa quando seu olhar se demorou em seu peito nu e estômago plano.

— Não consegue dormir? — Ele perguntou.

— Muito quente. — Com as costas da mão, ela enxugou as gotas de suor na testa.

— Sim, são as nuvens — ele apontou para o céu escuro da noite — prendem o calor.

— Nuvens significam chuva — disse Meghan, esperançosa, olhando para o céu.

— Mas seria uma pena chover no seu casamento.

Meghan podia ver o carinho em seus olhos e teve que lutar contra todos os instintos de seu corpo para não o tocar. Ela procurou algo para dizer. — Lachie está bem?

— Sim, ele está dormindo. Ele estará bem pela manhã.

Meghan se mexeu desconfortavelmente. — Reparei que ele gosta de beber. Muito.

Sua mandíbula ficou tensa. — O problema é que quando ele começa, não sabe parar. Assim como papai.

Meghan acenou com a cabeça. A dependência de Lachie do álcool tornava-se cada vez mais óbvia.

— Você é livre para fazer o que quiser, mas certifique-se de se casar com o homem certo. Por quem ele é, não pelo que você quer que ele seja. — Ele estendeu a mão e afastou uma mecha de cabelo do rosto dela.

Ela fechou os olhos ao toque dele, seu corpo ansiando por mais. Mas, quando ela abriu os olhos novamente, Darcy e o cachorro haviam sumido, e ela ficou se perguntando se tudo tinha sido um sonho.

CAPÍTULO 12

MÚSICA SUAVE TOCAVA no iPod de Jodie enquanto ela arrumava o cabelo de Meghan, brincando e prendendo-o em um penteado chique. Meghan estudou seu reflexo no espelho.

As olheiras de uma noite sem dormir agora estavam escondidas com base, seus olhos estavam delineados e maquiados. Seus lábios estavam perfeitamente alinhados e pintados em um tom rosa-rosa.

Meghan se imaginou como um manequim sendo pintado e vestido. Como se estivesse assistindo à cena, mas não fizesse parte dela. Jodie manteve uma conversa animada sobre a noite anterior, sobre as pessoas que conhecera e que esperava encontrar novamente. Meghan concordava e sorria quando apropriado, mas apenas ouvia vagamente.

— Meghan, eu disse que adoro sua pulseira! — Jodie disse sacudindo-a de volta à realidade.

Ela olhou para o reflexo de Jodie no espelho enquanto apontava para a mão direita de Meghan. Em seu pulso estava pendurada uma delicada pulseira de ouro com pingente.

Meghan o tocou suavemente. — Meu pai deu para minha mãe quando eu nasci.

— Quais são os pingentes?

— Apenas dois. Um coração e um cavalo. Não sei por que ela nunca acrescentou outros. — Meghan olhou para os dois amuletos que estavam lado a lado. O coração era curvo e de ouro maciço, enquanto o cavalo era intrincadamente trabalhado. Olhar para ele a lembrou de Darcy e seu amor compartilhado por cavalos.

Uma dor repentina atingiu o coração de Meghan e ela agarrou o peito.

— Você está bem? — Jodie perguntou, preocupada em sua voz.

— Você pode me pegar um pouco de água? — Ela se engasgou.

— Claro. — Jodie largou o pente e saiu correndo do quarto.

A sensação diminuiu e, sozinha pela primeira vez naquela manhã, Meghan se levantou e enrolou o roupão firmemente em torno de si antes de caminhar até a janela.

Abrindo as cortinas, ela olhou para os cercados queimados pelo sol. As nuvens escuras no céu lançavam sombras sobre os campos; a promessa de chuva poderia ser sentida no ar úmido que ameaçava sufocar Meghan.

Ela se virou e olhou para seu vestido delicado de marfim pendurado na haste da cortina. As pontas dos dedos dela acariciaram levemente o cetim liso. Sua pulseira de ouro contrastava com o tecido claro.

Seus pensamentos se voltaram para sua mãe. Desejou que ela estivesse lá. Ajudando-a a se preparar e dando conselhos.

— Eu queria que você estivesse aqui, mãe — ela sussurrou e fechou os olhos para as lágrimas ameaçadoras. — Eu não sei o que fazer! — Ela admitiu e caiu de joelhos, submetendo-se às emoções e deixando as lágrimas escorrerem pelo rosto enquanto se engasgava entre os soluços. — Estou tão confusa, mãe. Por favor me ajude.

Jodie entrou com um copo d'água, mas rapidamente o colocou na mesa ao ver sua amiga chorando no chão. Ela se sentou ao lado dela e embalou Meghan contra seu peito.

— Você está bem? O que eu posso fazer?

Meghan tentou controlar as lágrimas quando, de repente, a névoa de confusão se dissipou e apenas um pensamento ficou absolutamente claro.

Não faça isso. Não se case com ele.

Como se mamãe tivesse vindo sussurrar em seu ouvido. Uma súbita calma apoderou-se dela, e as lágrimas diminuíram.

— Não posso me casar com o Lachie — sussurrou ela, e então repetiu mais alto e com absoluta convicção. — Eu não posso me casar com o Lachie.

— O quê? Por que você não pode? Você está apenas nervosa. Vai passar. — Jodie observou em choque Meghan se levantar e começar a vasculhar as gavetas procurando roupas para vestir.

— Não, não é só nervosismo. Eu não posso me casar com ele. — Ela se vestiu rapidamente com jeans e uma camiseta. Em um estado de transe, ela recolheu seus pertences e os jogou em sua mala.

Jodie a agarrou pelos ombros, sacudindo-a suavemente até que seus olhos se ergueram para olhar para Jodie. —Você tem certeza de que quer fazer isso?

— Sim, tenho certeza — declarou Meghan sem reservas. — Por favor, me tira daqui?

Jodie assentiu, soltou-a e a ajudou a reunir seus pertences.

Com as malas prontas, Meghan pegou seu celular e ligou para Lachie, pronta para se desculpar. Ela não queria vê-lo, embora soubesse que deveria contar a ele pessoalmente.

Ela só queria ir embora. Agora.

A ligação foi direto para a caixa de mensagens.

— Sinto muito, Lachie... adeus. — Foi tudo o que ela disse antes de desligar.

Na pressa de partir, Meghan esbarrou em Harriet no corredor.

— Meghan, o que há de errado? O que você está fazendo? — Harriet olhou para a bagagem.

— Me desculpe. — Lágrimas frescas, borradas de maquiagem escorreram dos olhos de Meghan. — Eu sei que é a pior coisa que eu poderia fazer, mas não posso me casar com o Lachie. Liguei para ele para explicar, mas seu telefone está desligado.

Harriet puxou a jovem e emocionada garota para si e a abraçou de modo tranquilizador. — Está tudo bem, querida. Faça o que tem que fazer. Eu vou cuidar de tudo aqui.

Meghan se afastou e franziu a testa para Harriet. — Como você pode ser tão compreensiva? Você se esforçou tanto neste casamento e estou deixando-o no altar. — Meghan abafou um soluço com a mão.

— É melhor você saber agora do que mais tarde. — Harriet segurou as mãos de Meghan nas suas e olhou profundamente em seus olhos.

Havia compreensão ali. Como se Harriet soubesse exatamente como ela se sentia.

— Obrigada — gritou Meghan antes de correr para o carro, Jodie logo atrás. Ela só se permitiu o mais breve momento para contemplar as cadeiras de plástico branco e as mesas colocadas ao lado das roseiras. Banjo correu animado. Ela o pegou e se sentou no banco do passageiro.

— Tudo ficará bem — disse Jodie enquanto ligava o carro e se afastava de casa.

Meghan observou pela janela suja enquanto a Brigadier Station desaparecia lentamente. Uma figura que ela pensou ser Darcy estava fora do quarto dos estábulos. Ela não se preocupou em pedir que Jodie parasse. Não havia nada a dizer que mudaria alguma coisa agora.

Gotículas de água começaram a cair contra as janelas. Levemente no início, então mais rápido e mais forte, até que os céus se abriram e a chuva trovejou no chão duro e sedento.

— Dia péssimo para um casamento de qualquer maneira. — Jodie ligou o limpador de para-brisa.

Meghan suspirou antes de fechar os olhos, incapaz de observar a bela paisagem por mais tempo. Em vez disso, ela se concentrou no som que a chuva forte fazia contra o carro.

A chuva finalmente chegou. Bem a tempo de lavar seus sonhos.

JASPER RELINCHOU ENQUANTO esperava impacientemente que Darcy o alimentasse.

— Segura aí, cara. — Darcy o cutucou gentilmente para que pudesse derramar o grão na gamela do cavalo. Observou seu fiel cavalo devorar seu jantar, tendo trabalhado muito para isso. Juntar o gado era um trabalho árduo e quente para os homens que montavam quadriciclos, quanto mais para os que montavam cavalos e para os próprios animais. Jasper mereceu sua ração hoje e, de verdade, Darcy tinha usado algumas de suas técnicas de campdrafting ao reunir as desgarradas.

Darcy parou na baia de Molly e acariciou o focinho.

Molly bateu o casco no pó.

— Você sente falta dela também? — Ele sussurrou.

— Darcy! Você ainda não terminou? — Lachie gritou do caminho entre a casa e os estábulos. Ele já estava banhado e barbeado.

Darcy se juntou a seu irmão e juntos caminharam até a casa enquanto o sol criava seu show noturno de luzes.

— Vai sair? — Darcy podia sentir o cheiro da loção pós-barba chique de Lachie. As coisas caras que ele só usava quando estava conhecendo uma garota. Ele costumava usá-lo para Meghan, às vezes.

— Sim, pensei em ir ao pub esta noite. — Um toque de excitação em sua voz. — Já faz um tempo, tenho que voltar à caça, por assim dizer.

Darcy ergueu as sobrancelhas. Lachie certamente teve uma recuperação rápida de seu término com Meghan há apenas um mês. Ele inicialmente ficou chateado e com raiva por Meghan deixá-lo no altar sem um anúncio adequado. Parecia mais envergonhado com a situação do que verdadeiramente triste pelo fato de a mulher que dizia amá-lo não querer mais estar com ele.

Nunca ligou para ela e quase não falava sobre ela.

Lachie havia mostrado o correio de voz de Meghan para Darcy. Seu coração doeu ao som de pesar e dor que ela acreditava estar causando a Lachie. Ele podia ouvir a tristeza em sua voz e sabia que ela estava chorando antes de deixar a mensagem.

Bem, Lachie nunca foi de ficar solteiro... ou melhor, celibatário... por muito tempo.

Se ao menos fosse tão fácil para Darcy fazer o mesmo. Levou anos para esquecer a dor que Lisa causou quando o deixou. Essas feridas eram profundas. Levou anos para ser capaz de confiar novamente. Foi necessária a amizade de Meghan para curá-las. Mas quando ela deixou Lachie, parecia que ela o havia deixado também, abrindo a cicatriz e expondo-a mais uma vez.

— Quer vir? Leah e Emily podem estar lá.

Lachie sorriu.

— Não, estou imundo e comecei cedo. Campdrafting em Richmond amanhã. — Darcy mentalmente fez uma lista de coisas para embalar para o fim de semana: saco de dormir, botas limpas, escova de dente.

Ele estava ansioso por uma mudança de cenário.

A Brigadier Station tinha muitas memórias do breve período de Meghan ali. O rio, o jardim, a casa.

Harriet esperava que ele voltasse, mas ele estava feliz no alojamento dos estábulos, o único lugar onde Meghan não tinha passado muito tempo. Pelo menos não fisicamente.

Ela assombrava seus sonhos todas as noites, no entanto. Sempre lá, mas nunca totalmente ao alcance.

— Boa sorte com a competição de amanhã. Tenho certeza de que você vai se sair bem. — Lachie deu um tapa nas costas e saiu correndo, ansioso para chegar ao pub. Meghan teria superado Lachie tão facilmente? Ela já estava saindo e conhecendo novas pessoas?

Ela pensava nele tanto quanto pensava nela?

No dia seguinte, no campdrafting de Richmond, Darcy e Jasper tiveram um bom desempenho na frente de uma grande e animada plateia. Darcy acenou para o público ao receber seu prêmio de terceiro lugar. Ele se viu procurando o rosto familiar de Meghan. Ela não estava lá, é claro. Mas queria que ela estivesse. Queria muito. Mais do que tudo, incapaz de dormir naquela noite, Darcy decidiu escrever uma carta a Meghan. Ele não podia enviar uma mensagem de texto para ela, isso seria muito impessoal, e ele não tinha um endereço de e-mail.

Encontrou papel e caneta e considerou cuidadosamente como começar. No início, ele pensou em lhe dizer o quanto sentia falta dela, mas não queria falar muito diretamente.

Não tinha ideia dos sentimentos dela por ele. Além disso, era ex-noiva de Lachie, e isso nunca mudaria.

Demorou um pouco até encontrar as palavras certas.

Cara Meghan,

Estou naquele Campdraft em Richmond. Aquele que conversamos. Jasper foi brilhante e chegamos em terceiro. Você teria gostado.

Todos os cavalos sentem sua falta, especialmente Molly. Moonshine está ficando maior a cada dia.

Você já treinou Banjo? Lembre-se de que ele precisa de muito exercício.

Não sei por que você se foi e não estou pedindo uma explicação. Eu só quero que você saiba que estou aqui. Se você precisar de um amigo.

Você é uma pessoa linda, que merece felicidades, e desejo-lhe tudo de bom.

Darcy.

O Moscato rosa gelado era refrescante e doce, e Meghan bebeu lentamente enquanto estudava a pintura colocada em um cavalete em sua sala de estar. A cena do campo em que ela estava trabalhando parecia terminada, mas Meghan sentiu que algo estava faltando. Limpou um ponto com o pincel, mas imediatamente se arrependeu.

— O que é necessário? — Ela murmurou para si mesma.

— Meghan? — Jodie gritou ao fechar a porta da frente. Jodie era uma visita diária agora que Meghan estava desempregada. Sem ela, Meghan imaginou que passaria dias sem ver ninguém.

— Veio ver se ainda estou viva? — Meghan brincou quando Jodie entrou. Apesar do calor e da umidade lá fora, Jodie ainda tinha o rosto cheio de maquiagem endurecida e cabelo perfeito, ao contrário de Meghan, que estava em uma camiseta com respingos de tinta e manchas de suor. Seus shorts estavam agarrados às coxas úmidas.

— Achei que você pudesse estar sem vinho! — Ela ergueu a sacola de compras, e três garrafas de vinho tilintaram.

Meghan sorriu. A boa e velha Jodie. Ela tinha suas prioridades bem definidas.

— Aqui está seu correio. — Jodie jogou uma pequena pilha de envelopes para a amiga.

Na primeira semana depois de abandonar Lachie, ela se escondeu, para o caso de ele vir atrás dela. Não queria infligir mais dor ao pobre homem. Mas houve silêncio.

Nem uma mensagem de texto, nem uma chamada. Nada por mais de um mês.

Ele não se importou? Não queria saber por que ela o deixou? Simplesmente encolheu os ombros e seguiu em frente? O fato de ele nem mesmo querer falar com ela a deixou ainda mais segura de ter feito a coisa certa.

Colocou o pincel no copo d'água à espera e inspecionou a correspondência.

Contas, contas. Carta.

Foi escrita à mão, sem endereço do remetente. Cartas manuscritas eram raras atualmente. Sua curiosidade aumentou, abriu cuidadosamente enquanto Jodie farfalhava pela cozinha.

— Darcy. — Seu nome escapou de seus lábios quando seu coração começou a bater forte. Ela leu a carta três vezes antes de Jodie voltar.

— O que é isso?

Meghan olhou para cima ainda cambaleando com o choque de ver sua caligrafia despretensiosa na frente dela. — É de Darcy.

— Merda. — Jodie arrancou-o das mãos e leu.

Meghan afundou no sofá e terminou seu vinho em um grande gole. Darcy estava em sua mente e em seus sonhos desde que deixara a Brigadier Station. Ela tinha pensado nele, mesmo em suas lágrimas e dias nublados.

As memórias dele ainda trazia um sorriso ao rosto dela. Ela sempre se perguntou se ele pensava nela ou se estava com raiva por ter deixado seu irmão.

É isso. A resposta que estava esperando. Olhou para o braço onde a pulseira ainda estava pendurada.

Lembrando-a de sua própria coragem e força.

— Ele não está bravo — Jodie disse. — Ele sente sua falta.

— Devo escrever de volta? O que deveria dizer?

— Desculpe, querida. Eu vou ficar fora disso. — Jodie devolveu a carta. — Eles provavelmente pensam que eu falei com você sobre o casamento e te arrastei de volta para Townsville.

Meghan mordeu o lábio. As palavras de Darcy se repetindo em sua mente: "Você é uma pessoa linda... se precisar de um amigo."

Ela sentia falta de sua amizade, de sua conversa fácil e de sua presença calorosa e sólida.

Jodie se sentou ao lado dela no sofá e colocou o braço sobre o ombro de Meghan. — Acima de tudo, você merece amor e felicidade, como ele disse, então ouça o seu coração. Tenho certeza de que sua mãe diria a mesma coisa. — Meghan sorriu fracamente para a amiga, as lágrimas ardendo em seus olhos. — Obrigada — disse ela com a voz trêmula. — Por tudo, obrigada.

— De nada. — Jodie a abraçou. — Vou deixar você pensar sobre isso. Me ligue se precisar de alguma coisa. — Jodie juntou suas coisas e acenou da porta. — Vocês dois fariam um casal fofo, sabe.

Meghan observou a porta se fechar antes de retornar à carta. Ela a releu várias vezes, imaginando Darcy escrevendo. Talvez ele tenha mastigado a caneta ao escolher as palavras. Fechou os olhos e suspirou. Quando ela os abriu, seus olhos pousaram na pintura. Quase podia sentir o calor do sol ao se pôr sobre os cercados planos e queimados. Ela se lembrou do pôr do sol, do belo fim do dia. Ela fechou os olhos novamente e o rosto de Darcy apareceu na sua frente. Um sorriso fácil no rosto. Seus olhos se encheram de desejo e paixão. Ela se inclinou para beijá-lo, mas encontrou apenas ar. Ela cobriu o rosto e riu de si mesma.

Sabendo que ela estaria muito distraída para pintar mais, encontrou um papel e uma caneta e se sentou à mesa de centro.

— Na verdade, não tenho que enviar — disse a si mesma enquanto alisava o papel.

Caro Darcy,

Obrigada pela carta. Agradeço suas amáveis palavras e amizade. Algumas semanas foram difíceis. Já sinto falta da poeira e do calor seco do interior.

O verão chegou e está úmido e abafado aqui em Townsville. Nenhuma nuvem de chuva à vista, no entanto.

Parabéns pela sua vitória em terceiro lugar em Richmond. Eu gostaria de ter visto isso. Mas imagino que você tenha feito um trabalho fantástico, como sempre.

Molly não gosta de ficar sozinha por muito tempo. Pegue uma maçã para ela e estrague-a. Garotas gostam disso. Diga a que sinto falta dela.

Saudades de todos vocês.

Meghan.

Ela tinha perdido mais do que apenas o homem quando ela deixou a Brigadier Station. Ela havia perdido a família que a recebeu tão calorosamente. A família que queria há muito tempo. E amigos que lhe prometeram apoio e lealdade.

Poderia ter realizado o desejo de seu coração. Mas teria sido baseado em uma mentira. Não estava apaixonada por Lachie, e duvidava que ele algum dia a tivesse amado de verdade.

Seu coração estava pesado com a perda. Ela sentia falta da mãe e do pai, Harriet e Darcy.

Principalmente Darcy.

Talvez eles pudessem ser amigos e trocar cartas ocasionais. Nunca poderiam ter nada mais.

Lachie sempre seria um obstáculo inevitável em suas vidas. Ele os uniu. Darcy também sabia disso. Ele pediu nada mais do que amizade. Isso era tudo que ele queria. Era tudo o que poderiam ter.

CAPÍTULO 14

O SUOR ESCORRIA pelas costas de Darcy e ensopava sua camisa cáqui de trabalho. Ele tirou o Akubra e passou as costas da mão na testa úmida. O calor do verão havia chegado e, como previsto, já atingia recordes. Procurou o céu azul claro. Sem nuvens à vista, parecia que a seca continuaria por mais uma temporada. Recolocou o chapéu e abriu o portão de madeira do estábulo. Darcy deu um tapinha em cada um dos cavalos ao passar por suas baias. Molly e Jasper estavam lado a lado e relinchando um para o outro como se estivessem em uma conversa secreta.

— O que você está discutindo hoje, hein? — Darcy coçou atrás da orelha de Molly, ela fechou os olhos em resposta. Jasper deu um passo à frente e cutucou o peito de Darcy com sua cabeça forte, empurrando Darcy ligeiramente para trás.

— Whoa, tentando se livrar de mim, hein? — Darcy riu.

Ele passou pelos cavalos e desenrolou a mangueira ao lado do bebedouro. Abriu e esperou enquanto a água lentamente bombeava. Observou os cavalos vagarem e abaixarem a cabeça, engolindo a água de poço quente.

A dor familiar voltou a seu peito quando seus pensamentos se voltaram para Meghan. Ela provavelmente estava apenas acordando em sua cama, ele pensou consigo mesmo. Teria sonhado com ele como ele tinha sonhado com ela? Ou ele seria a primeira coisa em sua mente quando ela acordasse?

Ele sentia falta de seu rosto, seu sorriso, sua risada, sua conversa fácil e seu toque.

Suas cartas frequentes e amigáveis eram um conforto, mas não era o mesmo que tê-la por perto. Perto dele. Ela havia recuperado seu antigo emprego e estava resignada para continuar sua vida como antes. Ela não estava feliz. Ele queria vê-la e estar lá para ela.

Ele precisava vê-la.

Se a visse apenas mais uma vez e dissesse adeus, poderia parar de se torturar. Seus sentimentos por ela aumentavam com cada conversa escrita. De repente, ir para Townsville tornou-se a coisa mais importante que ele tinha que fazer; ele só precisava vê-la antes de enlouquecer. Parou por um momento e pensou sobre as tarefas do dia.

A corrida do javali seria dali a alguns dias, e os caminhos já estavam abertos. Lachie poderia cobrir suas tarefas por um ou dois dias. Se voasse agora, poderia estar de volta esta noite.

Determinado, ele enrolou a mangueira, alimentou os cavalos e voltou correndo para a casa para fazer as malas.

Em uma hora, ele taxiou o Cessna para fora do hangar e estava revisando sua lista de verificação pré-voo.

Harriet e Lachie felizmente o despacharam depois que ele declarou que precisava urgentemente de uma nova sela e que precisava pegá-la em Townsville. Harriet havia lhe dado uma lista de suprimentos de várias lojas que precisava, então Darcy tinha uma boa desculpa para fazer a viagem.

As mãos de Darcy tremiam ligeiramente de ansiedade enquanto ele tirava a aeronave do solo e se virava em direção à costa. Em apenas algumas horas ele estaria caminhando pela cidade onde ela morava. Andando pelas mesmas ruas que ela caminhava todos os dias.

Ela ficaria feliz em vê-lo? Ele esperava que sim.

Meghan sentou-se sob o ar-condicionado na sala de descanso da cirurgia. Ela fechou os olhos para o ar frio soprando em seu rosto. Isso a lembrou dos ventos que sopravam nas planícies após o pôr do sol. Ela se imaginou de volta ao rancho, sentindo o cheiro de eucalipto e cavalo.

Seu coração se apertou enquanto ela ansiava por aqueles dias novamente.

Apesar de saber que tinha feito a coisa certa ao partir, ela ainda desejava que pudesse ter ficado de alguma forma.

Em vez disso, ela estava de volta ao trabalho em seu antigo emprego. Na velha vida, ela queria fugir.

Uma batida na porta assustou Meghan, ao olhar para cima, ela viu seu chefe abrir a porta.

— Tem um homem aqui para te ver. — A curiosidade estampada em seu rosto.

— Eu? Você tem certeza? — Meghan franziu a testa, ela não tinha nenhum compromisso agendado.

A sala de espera lembrava a quietude do dia enquanto o homem solitário ficou de costas para ela, de frente para as janelas de vidro que o separavam da movimentada estrada principal e da calçada para pedestres da cidade.

Ela o conhecia por seus ombros largos e cintura estreita. Seu coração deu um salto e ela moveu as mãos, uma para o coração e outra para a boca enquanto ele virava o corpo magro para encará-la. Ele sorriu nervosamente, seus olhos azuis brilhantes e claros. Sem hesitar, ela se lançou sobre ele e colocou os braços em volta de sua cintura, pressionando o nariz em seu peito e respirando seu aroma fresco do campo.

Ela não tinha percebido o quanto sentia falta dele até que o teve em seus braços. Ele apoiou o queixo no topo da cabeça dela. Ele se sentia tão familiar e confortável. Ela nunca quis desistir.

— O que você está fazendo aqui? — Meghan perguntou com a voz levemente abafada enquanto encostava a bochecha no bolso de sua camisa limpa de trabalho.

— Tinha alguns trabalhos a fazer. Pensei em ver se você estava livre para o almoço. — Eles ficaram parados, nenhum deles ansioso para quebrar o abraço.

— Eu adoraria. — Ela sorriu para ele e fitou os olhos azuis que continuavam a assombrar seus pensamentos e sonhos. — Senti sua falta.

— Eu também senti sua falta — admitiu baixinho. Ele sustentou seu olhar por um momento antes de baixar os olhos aos lábios.

O pulso de Meghan acelerou.

Um cachorro latiu em uma sala de exame, quebrando o momento. Darcy desviou o olhar quando Meghan finalmente saiu de seus braços.

— Vou pegar minha bolsa — disse, dando um passo para trás e esbarrando desajeitadamente na mesa de centro.

— Você está bem? — Ele tocou o braço dela enquanto ela recuperava o equilíbrio.

— Volto em um segundo. — Se recuperando, ela sorriu e se virou, saindo correndo em seguida. — Apenas respire — ela disse a si mesma enquanto pegava sua bolsa.

Quando ela voltou, ele estava segurando a porta aberta para ela. — Pronta?

— Eu estou — ela sorriu. Mais feliz neste momento do que há meses.

O café que Meghan escolheu ficava na ponta da orla, com vista para o oceano. A anfitriã os acomodou em uma mesa separada apenas por uma cerca de arame, do penhasco rochoso e da água cintilante abaixo.

Darcy parou um momento para apreciar a vista. Ele podia ver claramente a forma montanhosa da Magnétic Island e as várias barcaças e barcos no canal.

— Não me lembro da última vez que vi o oceano, exceto do ar — Darcy explicou quando percebeu o olhar questionador de Meghan.

— Verdade? Tanto tempo? — Meghan franziu a testa.

— Tivemos férias em família em Cairns quando ainda estávamos na escola — disse ele com um sorriso. Por melhor que fosse a vista, não se comparava com a de Meghan sentada em frente a ele, seus longos cabelos soltos, acariciando seus braços nus.

Ele estava muito ciente de seus joelhos batendo embaixo da mesa, e seu coração batendo tão alto que ele tinha certeza de que Meghan podia ouvir.

A garçonete veio e anotou seus pedidos de bebida. Darcy pediu uma cerveja produzida localmente para experimentar, enquanto Meghan optou pela limonada.

— É tão bom ver você — disse Meghan, enquanto sua mão acariciava brevemente seu antebraço. — Como está Harriet?

Darcy se inclinou para a frente casualmente, ansioso para estar o mais perto possível. — Está bem. Anda cozinhando para a associação das mulheres do campo, a CWA, para uma arrecadação de fundos que está por vir. Como está meu companheiro, Banjo?

— Ele está bem. Ficando tão grande. — Ela mordeu o lábio e estudou os saleiros e pimenteiros. — Como está o Lachie?

— Bem. Ele vai muito para a cidade nos fins de semana. — Ele observou a reação de Meghan não querendo magoar seus sentimentos, mas ainda querendo deixar claro que seu irmão havia seguido em frente.

— Ele está saindo com alguém? — Ela ergueu os olhos, e ele os procurou em busca de sinais de arrependimento.

— Ele não está ficando sério com ninguém, mas ele está, hum, saindo, se é que você me entende.

— Então, seguiu em frente. Bom para ele.

Darcy observou uma série de emoções cruzar seu rosto, terminando com alívio.

— Não admira que ele não tenha pedido uma explicação — ela murmurou.

— Você não se arrepende.

— Começamos tão firmes, mas em algum lugar ao longo do caminho, nos perdemos. Acho que perdi um pouco de mim também. — Seus cílios grossos se levantaram. — Não me arrependo de nada, só odiei o jeito que acabou. Você estava certo, eu ia me casar com ele pelos motivos errados. Eu teria me arrependido.

— Honestamente, eu acho que Lachie ia se casar com você pelos motivos errados também. — Darcy gentilmente pegou a mão direita de Meghan com as suas. Ele notou como ela parecia pequena e frágil diante das suas, grandes e ásperas.

— Harriet deve me odiar muito.

— Não. Ela nunca poderia te odiar. Eu acho que ela entende.

Meghan sorriu. — Ele tem sorte de ter uma família como vocês.

Ele percebeu o quão solitária ela estava agora sem eles.

Ela não tinha ninguém exceto Jodie em sua vida. Não era de se admirar que ela estivesse tão ansiosa para se casar com Lachie e se tornar parte de sua família. Ele não conseguia imaginar não ter seus parentes por perto. Meghan não tinha isso. Ninguém mais vivo se lembrava de sua infância ou de seus pais como ela.

— Harriet sente sua falta. Você pode ligar para ela a qualquer hora. Ela pensa em você como uma filha.

Seus braços se contraíram com o lampejo de esperança nos olhos de Meghan. Ele queria abraçá-la e dizer que tudo ficaria bem.

Ele abriu a boca para dizer algo, mas foi interrompido pela garçonete trazendo suas bebidas.

— Ficará por quanto tempo em Townsville? — Meghan perguntou após terem pedido suas refeições.

Darcy queria prolongar sua viagem o máximo possível.

— Pelo menos até amanhã. Mamãe me deu uma lista, então acho que vou fazer compras esta tarde.

— Você é bem-vindo para ficar na minha casa. Eu tenho muito espaço — ela sugeriu. — Jodie e eu vamos ver uma banda tocar na cidade esta noite. Você quer vir?

Darcy parecia cético. — Eles tocam música country?

— Não exatamente, mas é bom. Na verdade, acho que você gostaria.

— Ok, parece bom, contanto que eu não restrinja seu programa. — Ela poderia ter dito a ele que Britney Spears estava tocando e ele ainda teria dito que sim. Tudo o que queria era uma oportunidade de passar mais tempo com ela. Não se importava com o que eles fariam.

— Não vai. Vou ligar para Jodie para dizer que você está se juntando a nós. Ela está trazendo seu novo namorado, então eu ficaria de vela. Assim você pode ser meu par. —ela corou. — Quero dizer, bem, você sabe.

Ele sorriu, satisfeito por ver sua reação. — Eu adoraria ser seu par.

Darcy apreciou seu breve almoço, e em pouco tempo eles estavam de volta à cirurgia veterinária.

— Então, vejo você mais tarde — ela se virou para se despedir.

— Eu estou realmente esperando por isso. — Ele se aproximou, diminuindo a distância. Ela se moveu para o abraço dele. Quando ela o olhou, seus olhos brilharam com afeto. Lentamente, ele moveu a cabeça para mais perto, a necessidade de beijá-la o dominando.

Ele estava tão perto que podia sentir seu hálito quente em seu rosto.

— Com licença. — Um homem de meia-idade com uma gaiola de gato esperava impaciente apontando para a porta que estavam bloqueando.

— Desculpe. — Darcy soltou Meghan e se afastou. Suas mãos caíram para as coxas, sentindo-se vazias sem o calor dela.

Meghan estava encostada na parede. Ela abriu a boca, mas antes que pudesse falar, ele colocou o dedo contra seus lábios. Ele não queria ouvir nenhum arrependimento ou pedido de desculpas.

— Vejo você hoje à noite — sussurrou ele, com um toque de possibilidade em sua voz.

CAPÍTULO 15

AS NOITES DE sexta são sempre muito movimentadas na Flinders Street — Meghan explicou enquanto viajavam no banco de trás do táxi naquela noite. — Obrigada por ter vindo. Eu sei que não é realmente seu tipo de programa preferido.

Darcy estava muito ciente do joelho de Meghan contra o seu. Sua saia preta justa subiu até a metade da coxa na viagem de carro de vinte minutos de sua casa até o centro da cidade. Seus ombros pálidos estavam nus, exceto pelas alças finas de sua blusa roxa. A tentação de tocar sua pele e sentir seu calor era quase demais para suportar.

— Vai ser divertido — ele sorriu para ela.

Ela puxou o cabelo do pescoço e expôs uma pulsação acelerada. Ele sentiu seu próprio batimento cardíaco martelar no ritmo. Ele lambeu os lábios, querendo nada mais do que corrê-los sobre seu longo pescoço e provar sua pele.

— Eles são uma banda muito boa, eu prometo.

Ele pagou pelo táxi quando este parou em frente ao pub. Ela tentou dar-lhe dinheiro, mas ele recusou. — Você está me deixando dormir no seu sofá, é o mínimo que posso fazer.

Darcy abriu caminho para o bar lotado, sua mão quente colocada gentilmente na parte inferior das costas dela, guiando-a através da multidão de pessoas. No bar, eles pediram rum e coca enquanto observavam a montagem da banda.

Jodie se aproximou com um homem jovem e loiro com tatuagens e uma expressão vazia.

— Olá. — Ela sorriu para Darcy antes de se virar para Meghan com uma piscadela.

— Oi, Jodie, como você está? — Gritou ele por cima da tagarelice das pessoas.

— Fiquei bastante chocada por você estar em Townsville e querer vir para o show. O que o trouxe para a cidade?

— Eu só decidi parar e ver como vocês estão.

Darcy gostaria de ter melhores habilidades sociais para esse tipo de situação. Ele deveria ter feito mais esforço ao longo dos anos, em vez de se limitar à propriedade.

— Bem, é bom ver você. Oh, este é Ashton. — O loiro desalinhado ofereceu um aperto de mão indiferente.

— Bem, nós vamos dançar, então eu vejo vocês dois mais tarde — Jodie disse enquanto os músicos se aqueciam. — A propósito, vocês estão ótimos. — Os olhos dela passaram rapidamente entre ele e Meghan e ele não conseguiu entender o que ela quis dizer com o comentário.

Meghan deixou a música fluir por seu corpo e se moveu com a batida. Darcy balançou os quadris com a batida com confiança, sem medo de parecer bobo. Ela admirou sua arrogância sexy.

Vestido com jeans elegantes e uma camisa listrada de colarinho, ele estava lindo. Ela percebeu que não era a única o desejando. Um grupo de garotas do outro lado do salão tentava chamar sua atenção.

Seu estômago endureceu com a ideia de Darcy estar com outra pessoa. Nenhum homem jamais fez seu pulso disparar assim. Ninguém tocou seu coração ou mexeu com seus sentidos até que ela não conseguisse pensar em nada além de quanto o queria.

Um gosto de seus lábios, um toque de sua pele era tudo que ela precisava saber se isso fosse apenas uma fantasia romântica. Seu coração estava dizendo que ele a queria tanto quanto ela o queria. Experimentalmente, ela começou a mover os quadris mais e ficou um pouco mais perto de Darcy para que seus corpos se tocassem ligeiramente. Seu corpo respondeu. Suas mãos pairaram perto de seus quadris. Sua mandíbula estava tensa e seus cílios abaixados.

Um empurrão de pessoas do lado dele quebrou o encanto, e Darcy voltou para sua bebida. Ele tomou um gole antes de recolocá-lo e olhou de volta para Meghan. Ela ficou na ponta dos pés e se inclinou contra ele para falar em seu ouvido.

— Quer sair daqui?

Ele levou um segundo para pensar sobre isso antes de assentir e acenar para ela liderar o caminho. A umidade os atingiu como uma tempestade quando saíram do bar barulhento.

Grupos de jovens de 20 anos se enfileiravam na rua, conversando entre si. Meghan apontou para uma rua mal iluminada. — A marina é por aqui. — Ela começou a descer o caminho.

— Você tem certeza? Achei que você gostasse daquela banda.

— Sim, mas estava ficando claustrofóbico lá com todas aquelas pessoas. — Ela preferia sua companhia esta noite.

Sozinhos.

— Sim — ele concordou enquanto caminhava ao lado dela, as mãos nos bolsos. — Estou ficando muito velho para isso.

— Não somos tão velhos. Nós apenas preferimos música country. — Ela esbarrou nele de brincadeira.

O Parque ANZAC estava à frente deles, e eles pararam para observar a fonte redonda de concreto enquanto sua água passava por um ciclo de cores do arco-íris. Acima deles, as estrelas cintilavam ao lado da lua. Não tão claro quanto nas planícies, mas um lembrete de que não havia nuvens carregando chuva.

A marina estava cheia de iates e catamarãs. Observaram os barcos balançarem suavemente. A água batia neles. O barulho mal era um sussurro na noite calma.

— Estou muito feliz que você esteja aqui.

— Estou contente também. Embora eu provavelmente não devesse. — Seus olhos encontraram os dela, e ela lambeu os lábios secos. Seu olhar acompanhou a ação.

Ela queria beijá-lo. Para ver como era. As pessoas se beijavam o tempo todo. Não precisava mudar nada. Seu corpo se moveu em direção a ele como se não precisasse de sua aprovação. Antes que ela pudesse chegar muito perto, Darcy colocou as mãos em seus ombros, impedindo-a.

— Não deveríamos. — Seu rosto estava tenso e ele fez uma leve careta.

— Eu sei — ela murmurou olhando para o peito dele, repreendendo-se por ser tão atrevida.

— Quer dizer, eu quero. Deus. Eu realmente quero. — Ele suspirou.

— Eu também — sussurrou ela de volta. Até Meghan podia ouvir a súplica em sua própria voz.

Seus dedos acariciaram suavemente a pele sensível de seus ombros, enviando arrepios em seu corpo. Ela fechou os olhos para a sensação. Saber que era tudo o que ela poderia ter.

— Dane-se — disse ele, um momento antes de seus lábios reclamarem os dela.

Ele queria ir devagar. Se esse fosse o único beijo que eles compartilhassem, tinha que ser memorável. Deslizou os braços ao redor dela e sua pele era macia e lisa sob suas palmas.

Suas curvas se aninharam contra ele. O encaixe perfeito para seu corpo. Ela era suave, quente e feminina, e seu desejo cresceu tão forte que mal conseguia respirar. Seus lábios se moveram sobre sua boca lentamente, para frente e para trás. Ela tinha gosto de morango e cheirava a sabonete de frutas. Queria provar o seu corpo para ver se tudo tinha gosto de fruta, ou algo ainda melhor.

Meghan gemeu baixinho e apertou seus quadris com mais força, empurrando-se contra sua virilha. Desamparado e insuportavelmente excitado, seu plano de contenção foi esquecido enquanto seus beijos eram alimentados por uma fome feroz. Ele devastou sua boca macia com a língua, que ela respondeu, correspondendo a sua necessidade, agarrando-se a ele.

Ele nunca havia sentido tanto desejo antes. Era como um sonho, mas tão real. A inebriante doçura de sua boca e o calor que irradiava de seu corpo o deixaram em um estado de total devassidão. Suas mãos começaram a tatear suas roupas e puxou sua camisa de sua calça jeans. As pequenas mãos dela subiram pelo peito dele, puxando a camisa com elas.

Ele engoliu um gemido quando os dedos dela roçaram seus mamilos e quase o fizeram passar do limite.

Um pássaro gorjeou no alto, lembrando-os de que estavam em um lugar público. Ele se separou e se curvou para beijar suas mãos.

Suas pálpebras estavam pesadas e ela estava ofegante. Ele a abraçou enquanto recuperava a compostura.

Ele afastou o cabelo de seu rosto. — Vamos pegar um táxi.

— OK. — A voz dela estava rouca de necessidade. — Me leve para casa.

As mãos de Darcy coçavam para tocá-la. Seu corpo ardia de desejo. Mas nem se atreveu a segurar a mão dela, sabendo que uma vez que começasse, não seria capaz de parar.

Ele nunca se sentiu mais vulnerável em sua vida. As barreiras que construiu com tanto cuidado em torno de si eram apenas um monte de poeira agora. Seus pensamentos estavam inteiramente centrados em Meghan.

Seus sentidos eram intensificados por tudo sobre ela. Seu cheiro doce. Seu menor movimento. Ele podia até ouvir cada respiração que dava. Sua própria respiração caiu no mesmo ritmo, então parecia que estavam respirando como um só. Seus olhares roubados tomariam apenas uma parte dela. Suas pernas esguias se movendo de um lado para o outro, empurradas pelo movimento do carro. Suas mãos agarraram com força em seu colo. Seu cabelo, úmido da noite também úmida, grudando em seu pescoço. Seu peito subia e descia a cada respiração.

No momento em que o táxi parou na frente da casa, ele era uma massa de desejo reprimido à beira da liberação. Empurrou notas na mão do motorista e saiu do veículo. Ela estava destrancando a porta da frente. Alcançou-a quando cruzou a soleira e fechou a porta atrás de si.

Encostou-se na parede oposta enquanto a observava.

— Meghan. — Darcy finalmente quebrou o silêncio. — Eu não posso mais ficar longe de você.

Ela respirou fundo e mordeu o lábio. — Eu não quero que você fique. — Ela deu um passo cuidadoso em sua direção. — Eu quero você, Darcy — a voz dela era profunda e cheia de desejo.

Um passo mais perto e suas camisas roçaram, seus mamilos endurecendo contra ele. Sua cabeça caiu para o lado, expondo a lateral de seu pescoço, oferecendo-o a ele.

Ele aceitou sem hesitar. Seu hálito quente acariciando suavemente sua pele sensível. Seus lábios pressionando beijos suaves nela enquanto suas mãos deslizavam por seus braços e a puxavam para mais perto dele. Ela ficou na ponta dos pés e pressionou seus lábios famintos contra os dele. Foi um beijo além de maravilhoso, profundo e ardente, de tirar o fôlego em sua promessa sensual. Mas não foi suficiente. Seus dedos se enredaram em seu cabelo solto, a outra mão em suas costas puxando-a para mais perto de seu corpo. Seus lábios e línguas exploraram-se avidamente. Ela passou as mãos pelos quadris e costas dele, sentindo seus músculos rígidos. Ele a beijou novamente, levantando-a do chão desta vez. Meghan envolveu as pernas em sua cintura enquanto a carregava pelo corredor. Quando encontrou o quarto dela, soube que aquele era o ponto sem volta. Assim que cruzassem o limiar, estariam alterando o curso de suas vidas.

Ela o beijou e afastou sua apreensão. Isso era exatamente o que queria fazer. Consequências que se danem.

Deitou-a sobre os lençóis claros, notando o contraste contra seu cabelo escuro enquanto caía ao redor dela.

— Você é tão bonita.

Ele ficou fascinado com o seu rubor. Perguntou-se se era porque raramente recebia elogios ou porque ele os fazia.

Meghan estendeu a mão para os botões de sua camisa, e ele os puxou, rasgando-a e jogando-a atrás de si. Com o peito exposto ao seu escrutínio sedutor, sentiu-se endurecer ainda mais. Estava quase insuportável agora. Queria ir devagar, para desfrutar de cada sensação, mas mal continuava sua luxúria e não achava que poderia se conter por muito mais tempo.

Ela se levantou e puxou a blusa, expondo uma pele que nunca viu o sol. Ele a beijou levemente logo abaixo das costelas, e ela riu.

— Tem cócegas?

— Só um pouco. Às vezes. — Ela sorriu. — Você tem?

Antes que pudesse responder, ela bateu levemente com os dedos nas laterais do corpo dele. Ele se contorceu e recebeu cócegas nas suas costas até que foi forçado a ficar de costas e ela montou nele. Pegou suas mãos e as segurou acima de sua cabeça. Então, com dedos hábeis, tirou sua camisa, descobrindo seus seios redondos. Seus olhos se arregalaram quando ele viu seus picos castanhos.

Ele moveu as mãos para cobrir seu peso e ela se apoiou nele. Seus lábios reivindicaram os dele. Sua língua explorou sua boca com movimentos rápidos.

Suas mãos gananciosas se moveram entre eles e facilmente o libertaram de sua calça jeans, deslizando-a de seu corpo. Ela se levantou e tirou a saia e a calcinha.

Darcy deixou escapar um suspiro audível quando ele viu seu corpo nu. Ela era a mulher mais deslumbrante que já tinha visto.

Ele se sentou na beira da cama e pegou a mão dela. Ela acolheu sua mão, e ele beijou suavemente seus dedos. — Já faz um tempo que não fico com uma mulher — admitiu, vulnerável em todos os sentidos.

— Eu sei — respondeu ela, se aproximando e acariciando sua cabeça. — Vou tentar ser gentil.

Ele sorriu maliciosamente com o comentário dela. — Não, não faça isso.

Ela lambeu os lábios e empurrou-o contra a cama. Beijando seu peito e abdômen enquanto ela descia. Ele gemeu alto quando a boca dela o rodeou e teve que se controlar. Quando ele se sentiu pronto para explodir, ele a puxou e ela montou nele novamente, levando-o profundamente dentro dela e balançando contra seu corpo. Não demorou muito até que ambos estivessem ofegantes e sem fôlego. Juntos, eles tombaram pela borda, agarrando-se um ao outro enquanto desciam.

— Uau. — Ele suspirou enquanto a puxava de volta contra ele, acariciando suas costas.

— Oh, sim. — Ela se aninhou nele.

Darcy caiu em um sono intermitente com os braços em volta de Meghan sem nenhum desejo de deixá-la ir.

CAPÍTULO 16

O LUAR ENTRAVA pelas janelas e o ar-condicionado zumbia; era a única coisa que quebrava o silêncio da noite. Quando Darcy abriu os olhos, a primeira coisa que viu foi o rosto pacífico de Meghan, seus olhos fechados, ainda dormindo.

A cabeça dela repousava em seu ombro, o seu braço estava em volta de seu abdômen.

Darcy se abaixou com a mão livre e puxou o lençol ainda mais sobre eles para que ela não sentisse frio. Era tão linda e tão sexy, mesmo em seu sono. A noite passada não foi apenas incrível, mas também mágica. Ele nunca se sentiu tão conectado a uma mulher. Naquela noite pareceu que suas almas estavam conectadas.

Perguntou-se se tinha sido tão forte para ela. Como não poderia ter sido? Então, Lachie entrou em seus pensamentos, não com culpa, mas com preocupação. Como seu desempenho se compara ao de seu irmão? Lachie tinha mais experiência e era mais ousado do que ele. Sabia que sexo não era tudo, mas entendia que era uma parte vital de um relacionamento. Lachie estava à frente dele quando se tratava de mulheres.

Como Lachie reagiria se descobrisse que eles dormiram juntos? Parecia tão certo, tão natural estar com ela.

Como isso poderia estar errado? Certamente Lachie entenderia com o tempo. Não é?

A mão de Meghan roçou provocativamente em seu peito.

— Oi — a voz dela estava rouca de sono.

Darcy olhou para baixo e lhe deu um sorriso feliz e satisfeito. Todos os pensamentos sobre Lachie evaporaram, sua atenção e pensamentos apenas na linda mulher em seus braços.

Darcy entrelaçou os dedos com os de Meghan e beijou-lhe a mão.

Ela se apoiou no cotovelo e olhou Darcy nos olhos.

— Sem arrependimentos? — A voz dela tremeu ligeiramente.

— Inferno, não... nenhum arrependimento — respondeu ele, afastando-a com um beijo de suas preocupações.

Ela colocou a mão macia contra sua bochecha barbada. — Quero que seja o começo de algo, Darcy. Diga-me como você se sente e por favor, não brinque com meu coração.

O alívio o invadiu como uma onda. Ele não interpretou mal seus afetos, ela sentia isso também. — Eu nunca menti para você, Meghan, mas eu menti para mim mesmo. Disse a mim mesmo que poderia suprimir meus sentimentos por você. Que eu não a amo. — Ele acariciou seus cabelos com ternura. — Estou muito feliz que você não tenha se casado com Lachie. Estou tão apaixonado por você.

Seus olhos lacrimejaram. — Também estou apaixonada por você. Nunca poderia haver mais ninguém.

Seus braços a envolveram e suas bocas se juntaram novamente. Eles fizeram amor lenta e apaixonadamente, provando seus sentimentos poderosos um pelo outro repetidas vezes enquanto a lua descia e o sol tomava seu lugar.

— Não falta muito — Meghan chamou encorajadoramente alguns metros acima na inclinação da montanha rochosa.

— As pessoas fazem isso todos os dias? — Darcy fez uma pausa e se curvou, as mãos nos joelhos, enquanto recuperava o fôlego. Estava acostumado a fazer trabalhos extenuantes na estação, mas a caminhada de 'Goat Track' até Castle Hill foi um treino duro.

— É um rito de passagem em Townsville. Se você pode conquistar a Colina do Castelo, você pode fazer qualquer coisa! — Disse Meghan. Ela admirou a forma de Darcy enquanto o observava descansar. Sua pele enrubesceu com o exercício, rios de suor escorrendo de seu corpo manchando sua nova camiseta azul. Seus shorts pretos expunham panturrilhas e coxas firmes, raramente expostas aos elementos. Seu corpo agora era tão familiar para Meghan quanto o dela depois de seus quatro incríveis fins de semana juntos. Eles viviam uma rotina agora, ele voava na sexta-feira à noite, e ela o buscava no aeroporto. Passavam a noite toda e a maior parte da manhã seguinte compensando o tempo separados, antes de sair para almoçar e passear.

Ela o apresentou a galerias de arte, peças e café de barista de verdade. Ele ficou intrigado e receptivo a todas as novas experiências que a vida na cidade oferecia.

— Podemos pegar a estrada para descer? — Darcy perguntou antes de beber avidamente de sua garrafa d'água.

— Claro, o Goat Track é melhor de subir do que descer. — Os degraus rochosos e o cascalho solto dificultavam a manobra em alguns pontos. — Prometo que valerá a pena no topo.

Dez minutos de escadas íngremes depois, eles alcançaram o topo e foram recebidos pela magnífica vista de Townsville e Magnetic Island. Seus olhos se arregalaram quando viu a paisagem.

Apesar da umidade e do sol escaldante de novembro, havia muitas pessoas no mirante apreciando a vista incrível.

— Então, poderíamos ter dirigido. — Ele sorriu enquanto esperava um carro passar, na esperança de encontrar uma vaga no estacionamento.

— Sim, mas isso seria trapaça. — Ela se aproximou e enxugou o suor do rosto dele com a toalha antes de beijá-lo suavemente. — Muito bem.

Darcy a envolveu em seus braços. — Fico feliz em ver que você não está exausta. Vai precisar de sua energia para mais tarde. —Ele brincou ao devolver o beijo.

Meghan o segurou com força. Seu amor por ele aumentava a cada dia. Como não viu como eles eram perfeitos um para o outro desde o início?

— Darcy. — Meghan começou timidamente. — Eu sinto tanto sua falta quando você não está aqui. Está ficando mais difícil deixar você ir. O que nós vamos fazer?

Ele suspirou. — Eu sei. Acho que posso me mudar para Townsville.

— Você faria isso? — Ela ficou surpresa com a resposta dele.

— Eu faria qualquer coisa por você.

Meghan considerou um futuro na cidade com Darcy. O que ele faria? Os empregos eram escassos desde o colapso da mineração, e seus talentos eram melhor empregados no campo.

— Você pertence a um rancho. Pertencemos a um rancho. Estou preocupada com sua família. Como vamos contar ao Lachie? — Ela expressou a preocupação que a assombrava todas essas semanas. Ele teria que ser informado. Mas como? Como eles poderiam dar uma notícia tão avassaladora e não ter sua traição dilacerando a família?

— Ele já percebeu que estou saindo com alguém aqui — Darcy explicou. — Lachie fica me pedindo mais informações.

— O que você diz?

— Digo a ele para se afastar, que não é da conta dele. — Darcy acariciou seu pescoço. — Eu direi a ele, mas não é a hora certa. Ainda não.

— Tudo bem. Mas não podemos deixar isso passar muito tempo. Mentir sobre isso aumentará a traição. — Suas palavras foram sábias. Ela havia pensado muito sobre isso.

Ela se virou para ele com um brilho nos olhos. — Você está com seu celular?

— Sim. — Darcy puxou-o do bolso. Seu telefone estava sendo muito usado agora com seus telefonemas diários e mensagens de texto frequentes.

Ela pegou e posicionou para tirar uma selfie deles.

Na primeira foto que ela tirou, os dois estavam sorrindo alegremente, como se não se importassem com o mundo. Então, ela configurou novamente, mas desta vez, eles estavam se beijando quando tiraram a foto. Seu amor um pelo outro capturado para sempre.

CAPÍTULO 17

DARCY DEU UM tapa nas moscas que enxameavam em volta de seu rosto e respirou fundo, enquanto observava o gado Droughtmaster abrindo caminho para os pátios de concentração, mugindo ruidosamente. Ele assobiou para Joey, para manter a manada unida enquanto ele e Lachie assumiam a retaguarda.

— É isso aí. — Lachie gritou quando a última cabeça de gado finalmente passou pelo portão e ele o trancou.

Lachie caminhou até seu irmão. — Eu preciso de uma cerveja. Ainda um pouco na geladeira dos estábulos?

— Claro que sim. — Darcy respondeu enquanto caminhavam em direção à construção rústica que Darcy ainda chamava de lar.

Gostava de sua privacidade recém-adquirida e isso significava que podia falar com Meghan ao telefone sem se preocupar que alguém pudesse ouvir.

Tirou seu Akubra e enxugou a testa com a manga da camisa enquanto Lachie puxava duas cervejas da geladeira.

O sol estava se pondo atrás dos quintais enquanto os homens se sentavam à mesa e bebiam suas cervejas. Lachie fez um trabalho rápido e recuperou outro antes que Darcy estivesse na metade do seu.

— A que horas chega o caminhão amanhã para as novilhas? — Darcy perguntou.

— Meio-dia. Muito tempo para separá-las. — Lachie respondeu e esticou as longas pernas. — Você está por aí neste fim de semana ou aproveitando a folga com sua garota? — Brincou ele.

— Ficando aqui. Muito trabalho a fazer. — Darcy estava farto das provocações de Lachie e ainda não tinha certeza de como contar a ele sobre Meghan.

Como se fosse uma deixa, seu celular começou a tocar. Ele o pegou rapidamente no bolso de trás e o silenciou. A imagem de Meghan desapareceu quando o telefone escureceu. Ele o colocou sobre a mesa e levou a cerveja à boca. Ela entenderia quando ligasse de volta e explicasse por que não atendeu.

— Você ainda tem o chicote do papai? — Lachie o olhou com curiosidade. — Pensei em tentar minha sorte.

— Está no galpão. — Darcy acenou com a cabeça na direção do galpão próximo aos aposentos dos tocadores.

— Você pode pegá-lo? Nunca consigo encontrar nada lá.

Darcy se afastou da mesa e fez o que seu irmão pediu.

Demorou um pouco para separar as caixas e a poeira para localizar o chicote e quando Darcy finalmente voltou com ele, encontrou Lachie ao lado da geladeira, com o rosto vermelho enquanto procurava no telefone de Darcy.

— Merda! — Darcy murmurou baixinho, repreendendo-se por deixar o telefone descuidado sobre a mesa.

Meghan tentou travá-lo com uma senha, mas Darcy a impediu de complicar a maldita coisa.

Lachie estaria ansioso para ver como era essa namorada esquiva e que textos românticos estavam sendo trocados. Agora ele tinha sua resposta e não gostou dela.

— Meghan? — Lachie ergueu os olhos e mostrou ao irmão a foto de Meghan e Darcy se beijando. — De todas as malditas pessoas, você está comendo minha ex-noiva?

Darcy deu um passo lento em sua direção, os braços erguidos da maneira como se aproximaria de um cavalo assustado.

— Só começou depois que ela voltou para Townsville.

Lachie terminou sua cerveja e tirou outra, virando-a como se fosse água.

— Ei, vai devagar, cara — disse Darcy laconicamente.

— Cale a boca e não me diga o que fazer — gritou Lachie furiosamente. — Eu ia me casar com ela! É por isso que ela foi embora? Ela escolheu você? — Sua voz transbordava desgosto e ódio.

Lachie jogou o telefone no chão de concreto na frente de Darcy. O impacto fez com que o aparelho se partisse.

— Juro que éramos apenas amigos naquela época. Eu...

— Cale-se. Eu não quero ouvir nada disso. Seu desgraçado!

Lachie se lançou contra Darcy e começou a bater nele com os punhos.

Normalmente Darcy era o azarão quando eles lutavam, e embora o punho de Lachie colidisse dolorosamente em sua bochecha e costelas, sua pontaria foi prejudicada por sua intoxicação. Lachie o atingiu no estômago e aproveitou para recuar alguns passos.

— Eu sinto muito. Nós nunca quisemos te machucar, acredite em mim — Darcy disse enquanto limpava o sangue de sua bochecha.

Lachie segurou seu estômago e ofegou por alguns minutos antes de olhar para seu irmão. — Foda-se, Darcy, e saia da minha propriedade.

Darcy olhou para ele, mas se manteve firme.

— Fodam-se vocês dois. — Lachie gritou e saiu mancando dos aposentos dos estábulos.

Darcy se abaixou e recuperou os pedaços de seu telefone quebrado.

Para o bem ou para o mal, a verdade foi revelada. Darcy tentaria falar com ele novamente amanhã. Quando estivesse sóbrio.

Ele ouviu o barulho áspero de um motor dando partida e ergueu a cabeça para ver Lachie sentado em seu quadriciclo dando partida na escuridão. — O que o idiota está fazendo? — Ele se perguntou.

Darcy correu para detê-lo, mas a moto já estava acelerando na noite. — Lachie! — ele gritou.

Poucos segundos depois, um som arrepiante e esmagador ecoou pelos campos, seguido por uma explosão de chamas.

As chamas estavam se espalhando rapidamente, suas línguas vermelhas cuspindo brasas na grama seca vizinha. Darcy foi tomado pelo medo ao ver a fumaça subir ao céu. Ele gritou o nome de Lachie enquanto corria em direção ao acidente.

Encontrou o corpo flácido de Lachie longe o suficiente do fogo e destroços de seu quadriciclo para assumir que ele tinha sido jogado quando a moto bateu no velho eucalipto. O tanque de combustível provavelmente explodiu.

Darcy verificou o pescoço de seu irmão para ver se havia pulso. Ele sentiu levemente sob seus dedos. À luz do fogo, podia ver que seu peito estava se mexendo lentamente, mas seu pescoço parecia estar em um ângulo estranho.

Com o coração disparado, temendo pela vida de seu irmão, Darcy vasculhou o celular de Lachie em suas calças.

— Lachie, fica comigo — sussurrou enquanto procurava o telefone. Uma vez recuperado, ele percorreu seus contatos e encontrou o número do Serviço Royal Flying Doctor.

Repassou a informação para eles, dois minutos depois, viu faróis se aproximando da cena. Darcy encerrou a ligação enquanto Harriet corria para o lado de Lachie.

— O RFD está enviando o helicóptero, caso seja uma lesão na coluna. — Darcy contou à mãe enquanto ela se ajoelhava ao lado do filho mais velho. —Disseram para não o movermos.

Lágrimas silenciosas deslizaram por suas bochechas quando ela colocou a mão no peito de Lachie para monitorar sua respiração.

— Eu vou ficar com ele. Você precisa lidar com isso. — Harriet apontou para o fogo.

As chamas lutavam para encontrar alimento na grama esparsa e seca, a árvore de eucaliptos agora totalmente braseada. Darcy sentiu o calor aquecido e observou os restos do quadriciclo derreterem.

— Vou até o seu carro e pegar o extintor — disse ele e passou o celular para a mãe. — Você leva isso no caso de alguma coisa mudar.

Darcy subiu no Land Cruiser de sua mãe e dirigiu rapidamente de volta aos aposentos dos estábulos. Ao estacionar o carro, bateu no volante com raiva — Merda, Merda, Merda! — Gritou. Seus olhos ardiam com a fumaça. Ele podia sentir o cheiro em suas roupas.

— Lachie estúpido, pilotando aquela coisa no escuro, bêbado e com raiva. Estúpido eu, por não o ter impedido.

Sarah Williams

CAPÍTULO 18

MEGHAN OLHOU A hora em seu celular.

Por que Darcy ainda não ligou de volta? Sempre ligava a essa hora do dia. Ela o imaginou, limpo e fresco de seu banho noturno. Seu cabelo umedecendo seu pescoço. Uma sensação quente e formigante espalhou-se por seu corpo ao pensar nele. Era um homem apaixonado que podia ser surpreendentemente gentil. Seu apetite por ele nunca parecia ser saciado. Quanto mais conseguia, mais queria. A separação deles a estava deixando louca de desejo. Fazia apenas três dias desde sua última visita, mas já estava louca para vê-lo novamente.

O toque familiar veio de seu celular e ela o pegou com entusiasmo, mas parou quando viu o número de Lachie exibido. Seu coração disparou enquanto ela pensava se devia ou não atender. Mas e se Darcy estivesse usando o telefone de seu irmão? Embora isso não parecesse provável, considerando que eles estavam mantendo seu relacionamento em segredo até que Darcy encontrasse o momento certo para lhe contar.

E se Lachie tivesse descoberto? Ele poderia estar ligando para confrontá-la. Só há uma maneira de descobrir.

— Olá. — A voz dela estava nervosamente baixa.

— Meghan. É Harriet.

— Harriet. Oi, como você está? — Meghan relaxou no sofá. Era reconfortante ouvir a voz da mulher mais velha.

— Estou no Hospital Base de Townsville. Aconteceu um acidente — a voz de Harriet estava embargada de emoção.

O pânico frio varreu Meghan como uma inundação repentina.

— É o Darcy? Ele está bem?

— Darcy está bem. Está voando para cá. É Lachie, ele está em cirurgia.

Meghan engoliu em seco. O pânico se instalou. Ele deve estar em más condições para ser transportado de avião para Townsville. — Oh meu Deus. O que aconteceu?

— Darcy disse que ele bateu seu quadriciclo em uma árvore. Estava bebendo. Os médicos suspeitaram de lesões na coluna, então ele foi trazido de helicóptero para cá, em vez de para Mount Isa. Eu vim com ele.

— Estou saindo agora. Eu estarei aí em breve. — Meghan sabia como era esperar que um ente querido saísse de uma emergência. Sabia que Harriet não gostaria de estar lá sozinha.

Ela não precisava pedir.

— Obrigada.

Depois que desligou o telefone, sua mente girou com possibilidades. Por que ele bateu o veículo em uma árvore?

E se ele morresse?

Pegou sua bolsa e as chaves e olhou ao redor da sala, o choque tomando conta dela.

— Por favor, Lachie, não morra.

O departamento de emergência estava congelante depois do calor da noite lá fora, e Meghan estremeceu enquanto caminhava pelo corredor fortemente desinfetado. Sabia exatamente onde Harriet estaria. A dor pela própria mãe se acumulou em cima dela ao se lembrar da agonia desesperada e aterrorizante de esperar para ouvir o resultado de uma cirurgia de emergência. Apoiou-se contra uma parede branca desbotada enquanto ondas de medo a inundavam. De novo não, por favor. Por favor, Deus, não o deixe morrer aqui também.

Depois de algumas respirações profundas, continuou seu caminho e logo chegou à sala de espera. Lá estava ela. Harriet se sentou, de cabeça baixa, o cabelo grisalho caindo como uma cortina em volta do rosto.

Harriet ergueu os olhos quando Meghan se aproximou. Esvaziada pela tensão, levantou-se e aceitou o abraço reconfortante de Meghan.

— Você ouviu alguma coisa? — Meghan notou as olheiras ao redor dos olhos de Harriet.

— Nada ainda. — Harriet balançou a cabeça e caiu para trás na cadeira de plástico duro, como se seus joelhos tivessem se dobrado.

Meghan segurou a mão de sua amiga. — O que aconteceu?

— Darcy disse que eles discutiram e Lachie saiu pelo pasto. Ele bateu em uma árvore e o quadriciclo explodiu.

— Oh, meu Deus. — Meghan levou a mão à boca. Ela imaginou a cena e pensou em como deve ter sido horrível para Darcy testemunhar o evento.

Um médico vestido de uniforme azul se aproximou. — Sra. McGuire.

Meghan foi inundada pela dor, ela olhou para Harriet, cujos olhos refletiam seu medo.

— Sim. Como está o Lachie?

— Conseguimos parar o sangramento e estamos aguardando alguns resultados. Ele está substancialmente machucado e tem duas costelas quebradas, suspeita de danos nos nervos em seu braço e pernas e algumas pequenas queimaduras.

— Ele vai ficar bem? — Implorou por saber.

— Está em coma. Saberemos mais quando acordar.

O médico colocou a mão no ombro de Harriet. — Ele é jovem e forte. Quanto mais cedo acordar, melhor.

Harriet se jogou contra Meghan, que a apoiou em um braço. — Podemos vê-lo?

— Claro. Venham por aqui. — O médico as conduziu para a unidade de terapia intensiva. Estava frio e cheio de pessoas com vários tipos de gesso e bandagens.

Atrás de uma cortina, viram o corpo machucado e ensanguentado de Lachie. A bile subiu pela garganta de Meghan enquanto Harriet chorava ao ver seu filho. Havia uma cânula em seu braço, bombeando sangue salvador e solução salina de volta para seu corpo.

Harriet se sentou em uma cadeira e segurou sua mão livre. Ela falou palavras suaves de conforto para seu filho.

As lágrimas correram pelo rosto de Meghan, e ela cobriu a boca para abafar os soluços. Sua pele estava tão pálida. Como se estivesse morto. Ainda podia morrer. Podia não acordar. Se o fizesse, poderia ter graves lesões cerebrais. Até que acordasse, ninguém sabia ao certo qual seria a extensão de seus ferimentos. Lachie era tão jovem, com muito pela frente. Isso não poderia estar acontecendo com ele. Não era justo.

Fechou os olhos com força, mas a memória do corpo quebrado de sua mãe deitado em uma cama de hospital semelhante invadiu seus pensamentos. Sua mãe nunca mais recuperou a consciência após o acidente. Meghan nunca foi capaz de dizer adeus. De dizer que a amava.

Engoliu a tristeza que permanecia tão crua como no dia em que enterrou a mãe e abriu os olhos. Harriet precisava dela agora. Meghan endireitou os ombros e colocou a mão no ombro de Harriet. Ninguém deveria passar por isso sozinho.

A primeira coisa que Darcy viu quando a cortina foi aberta foi Lachie deitado na cama, ligado a máquinas. A enfermeira disse que ele estava lutando, mas não acreditou nela. Tentou engolir a emoção enquanto olhava ao redor. Sua mãe estava sentada, com uma expressão traumatizada, em uma cadeira de aparência surrada. Meghan estava atrás dela, uma mão reconfortante no seu ombro. Ficou surpreso ao vê-la, mas grato por estar ali e sua mãe não estar sozinha.

— Não está morto? — A voz de Darcy estava surpreendentemente calma até mesmo para ele.

As mulheres ergueram os olhos quando ele chegou. Harriet agarrou sua mão e segurou-o para salvar sua vida. — Ele está em coma. Não saberemos a extensão de seus ferimentos até que os resultados voltem e ele acorde.

— Mas ele vai acordar? — Darcy olhou para a mãe, depois para Meghan. Nenhuma delas conseguiu responder à pergunta.

Olhou para seu irmão cercado por máquinas e tubos.

Meghan tocou seu ombro. Elas estavam esperançosas.

A compaixão e o amor em seus olhos foram quase sua ruína. Queria puxá-la para um abraço e aceitar o conforto que oferecia. Mas, não podia desmoronar agora. Tinha que permanecer forte por sua mãe. Com tudo que eles passaram — a morte de seu pai, Noah se afastando, a seca — não achava que ela poderia suportar a morte de um filho.

— Eu preciso andar. — Olhou para a mãe antes de contornar a cortina. Precisava se mover, gritar, parar de pensar. Não havia mais nada além de andar pelo corredor do hospital enquanto esperavam pela notícia que poderia destruir seu mundo.

Meghan o seguiu.

— Eu estava com tanto medo de perdê-lo. Durante todo o voo para cá eu estava me preparando para planejar um funeral. — Ele olhou fixamente para a frente, ainda em estado de choque.

— Tenho certeza de que ele vai ficar bem. — Ela apertou a sua mão. Ele nem percebeu que ela estava segurando. Parou de repente e a olhou apropriadamente. — Estou feliz por estar aqui. Mamãe ligou para você?

Ela assentiu. — Estava esperando sua ligação e recebi a dela. Ela estava tão assustada. — Olhou ao redor do corredor. — Este lugar me lembra de quando mamãe morreu.

Ele a puxou para seus braços e eles se agarraram, a cabeça dela embalada contra seu peito. — Eu sinto muito. Isso é tudo minha culpa. Eu deveria ter contado a ele antes.

— Isso foi sobre nós?

Darcy se afastou e olhou em seu rosto. — Ele pegou meu telefone. Viu as mensagens e nossas fotos. Ficou com raiva e discutimos.

— Está bem. Vai dar certo. De alguma forma. — Agarrou-se a ele.

— Eu deveria saber que isso iria acontecer. — Enrijeceu ao perceber que não poderia ter tudo; tinha que escolher entre sua família e Meghan. Tudo estava levando a essa única decisão. A culpa o cortou como um machado sujo. Nunca deveria ter ido até Meghan. Nunca deveria ter traído seu irmão. Este era o seu castigo. Ser amado por um tempo maravilhoso, mas breve, e depois ter de desistir.

— Isto é minha culpa. Ele pode morrer e será por minha causa. Porque eu queria você. — Sua voz saiu mais alta do que ele esperava, e ela se encolheu. Não esperava por isso. Iria machucá-la e era a última coisa que queria fazer.

Droga. Ele tinha que machucar todos que amava? Primeiro Lachie, agora Meghan.

A emoção doeu em sua garganta. — Não podemos mais ficar juntos. Tenho que me concentrar em Lachie agora.

Ela ficou parada e olhou para ele por um longo momento, seu lábio inferior tremendo. Seus dedos ansiavam por tocá-la.

Mas sabia que se o fizesse, nunca seria capaz de deixá-la ir.

Cobrindo o rosto com as mãos, ela soluçou. Estava desmoronando na frente dele. Havia prometido protegê-la. Mas acabou que era aquele de quem ela precisava ser protegida.

Seus soluços diminuíram e ela finalmente olhou para ele.

Seus olhos inchados e vermelhos. — Ninguém nunca partiu meu coração como você.

— Me desculpe — ele sussurrou.

Seus ombros caíram e sua mandíbula cerrou. Ela abriu a boca para dizer algo, mas nada saiu. Em vez disso, virou-se e fugiu.

Seu peito doeu e sua visão turvou. Meghan se foi. Sentindo como se seu último suspiro tivesse sido retirado de seus pulmões, finalmente perdeu o controle de suas emoções e caiu de joelhos enquanto soluços profundos escapavam dele.

Ele deixou os sentimentos girarem e envolvê-lo por alguns minutos. Merecia sentir toda a extensão de seu sofrimento.

A casa estava sufocante quando Meghan empurrou a porta. Suas bochechas ainda estavam úmidas e seu nariz ainda escorrendo. Seus pulmões latejavam de tanto soluçar.

Caminhou diretamente para seu quarto e se jogou na cama.

A cama que ela havia compartilhado com Darcy.

Sentindo sua necessidade de conforto, Banjo pulou na cama ao seu lado e se enrolou em volta dela, aninhando-se com força.

Isso era tudo culpa dela. A família McGuire deve estar amaldiçoando o dia em que ela entrou em suas vidas. Lachie estava às portas da morte e Darcy não conseguia sequer olhá-la.

A familiar agitação de desespero surgiu dos recessos escuros de sua mente. Ninguém a amava. Ninguém a queria. Ninguém se importava com ela. Poderia ter tido uma família, um lar. Mas tinha jogado tudo fora. Agora ficaria sozinha para sempre.

Agarrou o travesseiro contra o rosto e chorou por horas. Lamentou a perda do amor que tinha por Darcy. Pelo relacionamento que ela desfrutou com Harriet.

Chorou por Lachie, que estava indefeso naquele hospital frio. Ela chorou por seus pais, que foram as únicas pessoas que realmente a amaram e, finalmente, Meghan chorou por si mesma.

CAPÍTULO 19

FOI UMA ESPERA ansiosa para Harriet e Darcy, mas finalmente, dois dias depois, Lachlan McGuire acordou do coma. O alívio que Darcy sentiu com a recuperação do irmão foi amortecido apenas pela dor que ainda sentia por Meghan.

Embora terrivelmente cansado e dolorido, os resultados do teste de Lachie foram positivos e não haveria nenhum dano a longo prazo em seu cérebro ou coluna. Com o tempo e com reabilitação substancial, seria capaz de retomar sua vida ativa normal.

— Ele está bem. Está realmente bem. — Harriet exclamou para Darcy no refeitório durante o almoço.

— Ele vai pensar que é invencível agora. Tipo Superman ou algo assim. — Darcy soltou uma risada trêmula. Suas mãos tremiam ligeiramente. O conhecimento ainda estava afundando. Ele quase perdeu as esperanças depois do primeiro dia, mas seu irmão surpreendeu a todos e sobreviveu.

— Você deve ligar para Meghan. Ela vai querer saber.

Ele se contorceu desconfortavelmente em sua cadeira.

— Darcy. O que é que você fez? — Ela colocou as mãos sobre as de seu filho e esperou que olhasse para ela.

— Meghan e eu... — mordeu os lábios, lutando para encontrar as palavras certas. Perguntou-se se ela havia suspeitado do caso deles. Nunca perguntou, mesmo quando voltou sozinho, com os olhos inchados depois de falar com Meghan naquele dia no hospital.

— Você terminou com ela? — A pergunta de Harriet foi lenta e cuidadosa.

As bochechas de Darcy queimaram. Sua mãe inclinou ligeiramente a cabeça e deu-lhe um pequeno sorriso que dizia é claro que sabia.

— Eu o traí. E a você. — Darcy esfregou a cabeça que começou a latejar. — Tive que acabar com isso.

Ela esfregou as costas dele. — Vocês certamente não se encontraram nas melhores circunstâncias. Mas até eu pude ver que você tinha uma conexão muito mais forte do que ela com Lachie. Fiquei orgulhosa dela quando o deixou. Isso exigiu força.

Darcy franziu o cenho para sua mãe. — Ela o machucou. Eu o machuquei.

— Lachie geralmente consegue o que quer. Não teve que lutar como você e Noah, especialmente no que diz respeito ao seu pai. Ele é mimado. Eu assumo a culpa por isso. Mas ele também precisa crescer e aprender a perdoar.

— Ele não vai me perdoar. Disse para eu sair do rancho.

— Isso foi antes do acidente. Ele quase morreu. Pode pensar diferente agora — Harriet disse.

— Vai falar com ele? Ele a ouve.

Harriet acenou com a cabeça em resposta. — Dê um tempo. O tempo sempre ajuda.

— Obrigado, mãe. — Sorriu de volta para ela, admiração e respeito enchendo seu coração pela mulher que orgulhosamente chamava de mãe. Ela não o odiava. Acreditava que Lachie o perdoaria. Talvez houvesse esperança de que todos pudessem voltar para a Brigadier e a vida pudesse retornar ao que era antes de Meghan colocar os pés em seu pedaço de terra empoeirado. Poderiam ser uma família novamente. Poderia ter seu irmão de volta. Isso seria o suficiente.

Darcy pensou em Meghan, e seu coração doeu. Nunca poderia tê-la novamente. Isso era pedir demais. Ficaria feliz em voltar para sua vida tranquila, enquanto tivesse sua família.

Darcy precisava voltar para o rancho. O trabalho precisava ser feito lá e ele era de pouca utilidade no hospital.

Mas primeiro precisava ver seu irmão sozinho.

Lachie estava deitado de costas, sua cama ligeiramente inclinada. Uma bandagem branca brilhante enrolada firmemente em seu peito, outra em seu braço. Seu rosto estava preto e azul com hematomas e cortes. O lençol cobria suas pernas, mas Darcy imaginou que estavam igualmente machucadas.

Lachie olhou com cautela enquanto ele se aproximava.

— Oi. Como você está? — Darcy ficou ao pé da cama contemplando a visão daquele homem maltratado.

— Nove vidas, você sabe. Como um gato. — Lachie riu, mas estremeceu de dor. Darcy se sentou ao seu lado em uma cadeira esfarrapada e estudou as máquinas que o monitoravam. Lachie sempre pareceu invencível, cheio de vida. Era um choque vê-lo naquele estado. Mas melhor assim do que em um caixão.

— Eu sinto muito. Eu nunca quis te machucar. Isso é tudo minha culpa. — Deixou escapar as palavras, precisando tirar o pedido de desculpas de seu peito, quer fosse aceito, quer não.

— Isto é minha culpa. — Lachie acenou para si mesmo. — Posso ser burro quando bebo e foi para cá que essa atitude me trouxe. — Respirou fundo. — Eu não deveria ter dirigido o quadriciclo. Tive muita sorte de não ter me matado.

— Você é sortudo. Mas eu te traí. Você é meu irmão. Porém, nunca quis amá-la. Eu tentei não fazer isso. — Sua voz falhou enquanto falava.

— Estar aqui realmente te faz pensar sobre as coisas. Pensei muito em Meghan. — A boca de Lachie estava tensa. — Fiquei com tanta raiva quando ela fugiu. Nunca sonhei que me deixaria.

— Ela não queria te machucar. Simplesmente não conseguia fazer isso. — Era difícil falar dela. Pensar nela.

— Não éramos adequados. Posso ver isso agora. — Lachie chamou a atenção de seu irmão. — Você e ela fazem mais sentido de uma forma que nunca vou entender.

Raios de esperança começaram no peito de Darcy, mas ele não ousou dizer uma palavra.

Lachie desviou o rosto. — Ainda tenho que me acostumar com a ideia. Mas não quero ser a razão de vocês não estarem juntos.

Darcy soltou um suspiro que não percebeu que estava segurando. — Obrigado, isso significa muito. Mas eu terminei com Meghan e eu realmente não acho que ela me aceitaria de volta.

Lachie encolheu os ombros. — Não vou te dar conselhos sobre mulheres. Obviamente, não sei o suficiente sobre elas.

Darcy deu um tapinha no braço de seu irmão suavemente. — Obrigado Lachie. Você é um cara legal.

Lachie se contorceu. — Vai ficar um pouco esquisito se ela virar minha cunhada.

Com os olhos arregalados, sua mente zumbindo com possibilidades, Darcy se virou para olhar pela janela. O sol estava brilhando, o dia de repente se encheu de possibilidades. Talvez não fosse tarde demais para reconquistar Meghan. Se Lachie podia perdoá-lo por essa grande traição, talvez Meghan pudesse perdoá-lo por partir seu coração. Valia a tentativa. Ele a amava mais do que qualquer outra coisa. Seu coração doía por ela. Talvez recusasse, mas precisava tentar.

Nunca teve nada pelo qual valesse a pena lutar antes.
Mas valia a pena lutar por seu amor agora.

Sarah Williams

CAPÍTULO 20

— TE ENCONTRO NO aeroporto às sete, então?

Meghan perguntou pelo celular enquanto jogava roupas a esmo em uma caixa de papelão.

Ela estava cercada por caixas de embalagem e plástico-bolha. Os funcionários da transportadora estavam ocupados colocando seus móveis na caminhonete.

Nas primeiras horas daquela noite horrível, decidiu que era hora de assumir o controle de sua vida. Havia deixado outros ditarem onde ela morava e o que ela fazia por muito tempo. Ela tinha que assumir o controle de sua própria vida. Enquanto sua mãe estava viva, permaneceu por perto, mas não havia mais nada que a prendesse a Townsville. Uma simples verificação online mostrou a necessidade de enfermeiras veterinárias em Rockhampton, trabalhando em uma grande clínica. Perfeito. Ela recebeu a oferta de trabalho após uma conversa de dez minutos por telefone. Em uma semana, sua vida mudou. A caminhonete sairia de sua casa às 18h. e ela deveria embarcar em um voo às 19h30.

— Tem certeza disso? — A voz de Jodie veio do alto-falante de seu telefone. Sua amiga a levaria ao aeroporto. Elas se despediriam lá.

— Preciso construir minha própria vida. — A voz de Meghan estava silenciosamente confiante. — O trabalho parece ótimo. Muito trabalho com cavalos.

— OK. — Jodie suspirou. Meghan não ia ser convencida. Rockhampton não era tão longe. Não mais longe do que Julia Creek, apenas deveria ir para o sul descendo a costa, em vez da estrada do interior.

— Eu tenho que ir. Essas caixas não vão se embalar sozinhas. Vou vê-la hoje à noite. — Desligou a ligação e pegou a fita. Cada caixa fechada era como uma tábua fechando seu passado. Este seria um novo começo.

Ficaria mais confiante e extrovertida. Fazer novos amigos e conhecer mais do país. Ia ver mais alguns campdrafts.

Ela balançou a cabeça. Não vá para esse lado.

Meghan evitava pensamentos sobre Darcy cada vez que eles ameaçavam vir à tona. Era uma parte de seu passado agora. Ele havia feito sua escolha e não mudaria de ideia.

Perguntou-se se Lachie já havia acordado. Se tivesse morrido, ela esperava que fosse avisada. Não faria nenhuma diferença em sua vida. Essa porta estava firmemente fechada agora.

Olhou para a estante de livros. Restava apenas uma foto emoldurada. A querida foto dela e de sua mãe foi tirada semanas antes do acidente que a matou. Ela olhou para o sorriso feliz de sua mãe e esperou que a sensação usual de aperto em seu coração viesse, como sempre acontecia quando pensava nela. Mas não aconteceu.

Tocou a imagem. — Eu te amo, mãe.

Sua mãe, tão parecida com sua filha em aparência e personalidade, olhou por trás do vidro. — Era isso que você queria para mim? Que eu assumisse o controle da minha vida?

Como se em resposta, houve uma batida na porta. Banjo ergueu os olhos de sua posição encolhida no chão frio de ladrilhos e deu um latido inquisitivo.

Esperando que fosse um dos funcionários da transportadora com uma pergunta sobre o que estava acontecendo, ela apenas cantou — Aqui.

— Meghan — a voz dele a enraizou no lugar.

Quando finalmente falou, sua voz parecia tão baixa e tensa como se tivesse esquecido de continuar respirando.

— Darcy.

Voltou o olhar para ele e o estudou como se ele fosse um fantasma que poderia desaparecer de repente. Ele estava torcendo as mãos.

— Por que tem um caminhão? — Seus olhos nunca deixavam seu rosto.

— Estou me mudando. — Longos segundos se passaram enquanto a tensão entre eles crescia. Quando ele não respondeu, ela pegou uma caixa e a colocou distraidamente para a mesa.

— Lachie acordou — disse ele finalmente. — Vai ficar bem.

Suas pernas cederam quando o alívio a inundou. — Graças a Deus.

Darcy deu um passo em sua direção, mas ela ergueu a mão para impedi-lo. — Você já me contou. Agora deve ir.

— Não foi por isso que vim. Não a única razão, de qualquer maneira. — Ele passou a mão pelo cabelo. — Eu a amo, Meghan. Quero você de volta.

— O quê? — Ela gaguejou as palavras, certa de que estava imaginando isso.

— Me desculpe, eu a magoei. Lachie está bem conosco estando juntos. Ou ele disse que estará um dia. Nós podemos ficar juntos. — A súplica silenciosa em sua voz foi sua ruína.

Ela agarrou sua garganta.

Darcy deu um passo em sua direção e estendeu a mão.

Ela estudou sua palma calejada e seus dedos coçaram para tocá-lo. Olhou de volta para o seu rosto. Seus olhos lhe imploraram.

Banjo passou por suas pernas e pulou. Meghan olhou para o cachorro, que a estudou por um momento antes de virar a cabeça para Darcy.

— Volta comigo. —Sua voz era suave e tenra. — Pertencemos um ao outro.

A verdade de suas palavras a acariciou e todas as dúvidas desapareceram de seus pensamentos.

Pertenciam um ao outro.

Eram mais fortes juntos.

Banjo saltou para o lado enquanto Meghan diminuía a distância entre ela e Darcy. Colocou a mão na dele.

Ela teve um vislumbre de seu sorriso exultante antes de seus lábios tomarem os dela. Faminto e cheio de vontade. Usou a boca para dizer-lhe tudo o que ela precisava saber. Ele a amaria para sempre. Nunca a machucaria novamente.

Eles poderiam superar qualquer coisa. Contanto que estivessem juntos.

 CAPÍTULO 21

MEGHAN ESQUADRINHOU A paisagem, encontrando pouco além de sujeira, grama desbotada e árvores teimosas. Embora já tivesse passado duas horas desde que deixaram a Brigadier Station, a seca que devastou o campo ainda parecia a mesma. Este era o interior australiano pelo qual ela se apaixonou. Os cheiros, calor e cores eram coisas que ela sabia que não poderia viver sem. As pessoas da cidade não sabiam o que estavam perdendo.

Darcy finalmente desviou o utilitário da estrada asfaltada e entrou sob um arco de ferro finamente esculpido com as palavras

"Arabella Plains" esculpida nele.

— Que nome lindo. — Meghan sorriu, despreocupada e feliz.

Agora que seu relacionamento era assumido, Meghan estava ansiosa para dar o próximo passo com Darcy e deixar o passado para trás. Seu relacionamento com seu irmão ainda estava tenso, então mantinha distância, permanecendo nos aposentos dos estábulos com Meghan, enquanto Lachie se recuperava em casa sob o olhar atento de Harriet.

Meghan passava todo o tempo com Darcy, trabalhando no rancho. Ela estava particularmente animada com a aventura de hoje, que incluía olhar para alguns cavalos à venda.

O carro passou por cima de uma grade de gado em direção a um vasto complexo de edifícios, rodeado por uma ravina profunda de grossos eucaliptos.

Parando em um galpão vazio, ela desceu do veículo e olhou ao redor. O sol da tarde estava pintando as árvores ásperas, grama clara e terra enferrujada com cores. Era lindo e tão espaçoso que parecia estender-se para a eternidade.

— Eles estão nos esperando? Eu não consigo ver ninguém. — Era assustadoramente silencioso para uma estação de trabalho.

— Eles estão nos esperando, mas ninguém vai nos encontrar aqui.

Ele sorriu maliciosamente e pegou a mão dela. Caminharam uma curta distância perto do prédio e foram recebidos pelo mais magnífico jardim tropical que ela já vira. Palmeiras, cicadáceas e buganvílias coloridas abundavam em uma espécie de beleza caótica. Em vez de terra seca e empoeirada, a relva verdejante cobria o jardim.

Meghan se curvou e tocou sua maciez.

— É um oásis. É absolutamente deslumbrante. — Olhou apreciativa, absorvendo tudo. A peça central era composta por orgulhosas roseiras altas e cheias. Sua confusão de flores brancas, rosa e vermelhas brilhando ao sol.

Quando se aproximou, o perfume delas agrediu seus sentidos.

Ela ficou parada e fechou os olhos, deixando o aroma limpar sua alma.

Os braços quentes de Darcy a envolveram e ela se inclinou em seu abraço sólido.

— Os proprietários já se mudaram. — Ele sussurrou, sua respiração tentadora perto do ouvido dela. — Este rancho está à venda e está dentro do nosso orçamento.

— Sério? — Ela se virou em seus braços e viu o olhar esperançoso em seus olhos.

— Achei que daria um bom haras. Poderíamos cuidar de gado e ovelhas também, mas poderíamos nos concentrar nos cavalos.

Ela se virou para os prédios que precisavam de uma pintura e alguns pequenos reparos pelo que ela podia ver. — Você olhou lá dentro? Sabe quanto trabalho há para fazer? — Embora ela já soubesse a resposta. Darcy era totalmente meticuloso.

Ele pegou as mãos dela e beijou ambas as palmas. — A casa precisa de algumas reformas e um toque de mulher. O quarto principal tem banheiro e existem três quartos para as crianças.

— Crianças? — Ela deu uma risadinha.

— Eu gostaria de ter algumas crianças correndo por aqui. — Ele sorriu de volta.

Ela mordeu o lábio inferior. — Eu também.

— Há também uma sala com vista para este jardim. Seria um bom estúdio de arte.

— Verdade? — A excitação retumbou por ela com a ideia de poder pintar com este jardim como inspiração. — Eu amo isso e amo você.

— Eu a amo, Meghan. Eu prometo protegê-la e dar-lhe a melhor vida que eu puder. — Ele a beijou suavemente antes de colocar a mão no bolso de trás. Para sua surpresa e deleite, ele apresentou a ela uma pequena bolsinha de tecido.

Ela respirou fundo quando abriu para revelar uma pedra grande, quadrada e rosa, incrustada em uma simples aliança de ouro. Ele cintilou à luz do sol.

— Case comigo?

— Sim! Nada no mundo me faria mais feliz.

Ela jogou os braços em volta do pescoço dele e o beijou.

Finalmente a soltando, ele colocou o anel em seu dedo.

Foi um ajuste perfeito. Ela estudou sua perfeição simples.

— É uma safira rosa. Meu bisavô o encontrou coletando fósseis no centro de Queensland. Ele mandou fazer este anel para sua noiva. Foi transmitido desde então. — Darcy explicou.

— Foi da Harriet?

Ele assentiu. — Eu perguntei por que ela não deu para Lachie dar para você. Ela nunca me respondeu na época, mas acho que sempre soube que você era para mim, não para ele.

Ela olhou em seus olhos azuis do mar. — E você foi feito para mim.

— Eu a amo, Meghan. — Ele a pegou pela cintura e a girou. Ela gritou de alegria, sabendo que desta vez, se casaria com o homem certo pelos motivos certos.

SOBRE A AUTORA

A autora do best-seller passou sua infância perseguindo ovelhas, cavalgando e colhendo Kiwi no pomar da família no interior da Nova Zelândia. Depois de uma década viajando, Sarah se mudou para Queensland para aproveitar o verão sem fim, praias imaculadas e florestas tropicais.

Quando não está absorta em seu mundo de escrita ficcional, Sarah está correndo atrás de sua família de quatro filhos, um marido, dois cães, um cavalo e um gato.

Ela é fundadora e CEO da Serenade Publishing, hospeda o podcast / vlog semanal Write with Love, dirige workshops e retiros para escritores, orienta e apoia seus colegas para alcançar seus sonhos de publicação.

Sarah está regularmente verificando as redes sociais quando ela, na verdade, deveria estar limpando.

Para receber atualizações e livros gratuitos, inscreva-se em sua lista de mala direta. www.sarahwilliamsauthor.com

Perguntas e Respostas com o autor

O que torna especial os Irmãos de Brigadier Station?

R- É uma história contra a beleza acidentada do Outback Queensland. Eu moro em Townsville e tenho amigos íntimos em Julia Creek, por isso tornei os personagens e os locais autênticos e charmosos.

Quais autores a inspiram?

R - Eu fui inspirada a escrever romance rural australiano por alguns dos meus autores e amigos favoritos. Rachael Johns, Mandy Magro, Allissa Callen apenas para citar alguns. Estes são os tipos de livros que gosto de ler.

Eu também amo romances Western. Alguns dos meus autores favoritos incluem Janet Dailey, Nora Roberts e a neozelandesa Leeanna Morgan.

SÉRIE BRIGADIER STATION

O CÉU SOBRE BRIGADEIRO STATION

(# 2 na série Brigadier Station)

Ele protege seu coração. Ela não se rende a nenhum homem. Será que um encontro casual definirá um curso para o amor verdadeiro?

Noah McGuire enterra seus demônios bem no fundo. Mas quando é forçado a voltar para casa na Brigadier Station para receber sua herança, ele não pode mais evitar desenterrar seu passado doloroso.

Com as feridas do trauma da infância reabertas, seu mundo mergulha na escuridão até que uma bela piloto incendeia seu coração.

Riley Sinclair não tem medo de voar contra o vento. Enquanto o corajoso negócio de pastoreio de gado da piloto de helicópteros irrita a maioria dos homens, o belo Noah parece pensar diferente. Mas à medida que a demanda por suas habilidades cresce, ela se preocupa que ceder à paixão possa atrapalhar seus sonhos.

À medida que sua química aumenta, uma tragédia inesperada joga suas vidas e seu romance em uma pirueta.

Noah e Riley podem deixar sua bagagem para trás para deixar o amor voar livremente?

O céu sobre Brigadier Station é o segundo livro independente da cativante série de romances do Oeste da Brigadier Station. Se você gosta de personagens imperfeitos, cenas fervilhantes e cenários deslumbrantes da Austrália e da Nova Zelândia, então você vai adorar esta história complicada.

Sarah Williams

(# *3* na série Brigadier Station)

Lachie pode ser o pai de que Hannah precisa? E o homem que Abbie merece?

Lachie McGuire está tentando começar do zero. Ele está sóbrio e está fazendo as pazes com todas as pessoas que machucou e se redimindo pela dor que causou. Mas algumas de suas ações anteriores têm consequências.

Mesmo que ele não se lembre deles.

Precisando de sua independência, a mãe solteira Abbie Forsyth aceitou um emprego de enfermeira na pequena cidade do interior de Julia Creek e desenraizou sua filha, Hannah, da única vida que ela já conheceu. Agora, na terra empoeirada e queimada pelo sol, elas estão criando uma vida juntos, apenas as duas.

Quando Lachie está ferido e precisa de assistência médica, Abbie está lá para ajudá-lo. Ela está ao seu lado a cada passo do caminho, incluindo deixá-lo ficar com elas enquanto ele se recupera da cirurgia. Mas Abbie sabe o quão volátil a vida com um viciado pode ser e ela tem pensar na segurança de sua filha acima de sua afeição crescente pelo lindo criador de gado.

Em seguida, uma tragédia atinge a pequena cidade rural e os segredos começam a ser desvendados...

Retorne ao interior para o terceiro romance da série best-seller Brigadier Station.

Agradecimentos

Meus sinceros agradecimentos a todos os meus amigos escritores que me apoiam e incentivam nesta jornada incrível. Eles incluem, mas não estão limitados a Kelly Ethan, Annie Seaton e Helene Young.

Ao meu incrível narrador de audiolivros, Myles Pollard.

Obrigada por se arriscar neste projeto.

Como sempre, muito grata e muito amor à minha família por todo o apoio e por me aguentar enquanto escrevo. Eu amo todos vocês.

E a você, caro leitor. Obrigada por escolher este livro para ler. Sei que há muitas outras distrações e opções de entretenimento disponíveis atualmente, então, obrigada por se juntar a Meghan, Darcy e a mim nesta jornada.

Informações Leabhar Books

Nos acompanhe e fique por dentro das Novidades

 https://www.leabharbooks.com/

 https://www.facebook.com/leabharbooks/

 https://www.instagram.com/leabharbooksbr/

 https://twitter.com/LeabharE

 https://br.pinterest.com/leabharb/

 https://onne.link/leabharbooks

Quer receber marcador do livro gratuitamente? Envie o print da compra para o E-mail leabharbooksbr@gmail.com

Sarah Williams